# UNITA ALLA BESTIA

## PROGRAMMA SPOSE INTERSTELLARI®: LIBRO 6

## GRACE GOODWIN

Pubblicato da KSA Publishing Consultants Inc.
www.gracegoodwin.com

Goodwin, Grace
Titolo originale: Mated to the Beast

Progettazione di copertina di KSA Publishers 2020
Immagini di Deposit Photos: ralwel, Improvisor

## ISCRIVITI ALLA NEWSLETTER

Iscriviti alla mia mailing list per essere il primo a sapere di nuove uscite, libri gratuiti, prezzi speciali e altri omaggi di autori.

http://ksapublishers.com/s/bw

# 1

*Sarah, Centro di Smistamento Spose Interstellari, Terra*

Avevo la schiena premuta su qualcosa di liscio e duro. Davanti a me c'era qualcosa di ugualmente duro ma caldo, come notai strofinandoci sopra i palmi delle mani. Potevo sentire il battito del suo cuore sotto la pelle madida di sudore e il rombo del piacere dentro il suo petto. I suoi denti mi mordicchiarono nel punto in cui il mio collo si univa alla spalla, con una sensazione pungente e leggermente dolorosa. Un ginocchio mi divaricò le cosce; riuscivo appena a toccare terra con le dita dei piedi. Ero incastrata così *bene* tra un uomo, un uomo davvero grande e bramoso, e un muro.

Delle mani scivolarono sopra la mia vita fino ad afferrarmi i seni, stringendone i capezzoli già duri. Il mio corpo si sciolse al suo abile tocco, e fui grata per la presenza del muro e della sua stretta sicura. Le sue mani si mossero più in su, sollevandomi le braccia fino ad afferrarmi entrambi i polsi con una mano grande e forte e tenendoli in posizione sopra la mia testa. Ero bloccata alla perfezione. Non m'importava. Avrebbe dovuto, visto che non mi piaceva essere maltrattata, ma questo... oh, Dio, questo era diverso.

Era un piacere essere sbattuta contro un muro.

Non volevo pensare al fatto di poter avere il controllo, al fatto di sapere cosa sarebbe successo dopo. Sapevo solo che qualunque cosa facesse io ne volevo di più. Era selvaggio, indomito e aggressivo. Il suo cazzo premeva caldo contro il mio interno coscia.

"Per favore," piagnucolai.

"La tua figa è così bagnata che mi sta gocciolando sulla coscia."

Potevo sentire quanto fossi umida, con il clitoride che pulsava e le mie pareti interne che si contraevano con bramosa anticipazione.

"Vuoi essere riempita dal mio cazzo?"

"Sì," urlai appoggiando la testa contro la superficie dura.

"Prima hai detto che non ti saresti mai sottomessa."

"Lo farò. Lo farò," gemetti andando contro tutto quello in cui credevo. Non mi ero mai sottomessa a nessuno. Sapevo badare a me stessa, difendendomi con i pugni e con le parole. Non avevo mai permesso a *nessuno* di dirmi cosa fare. Ne avevo già avuto abbastanza con la mia famiglia e non ne potevo più. Ma quest'uomo, a lui avrei dato tutto, anche la mia sottomissione.

"Farai come dico?" La sua voce era rozza e profonda, un misto di dominanza ed eccitazione maschile.

"Lo farò, ma per favore, *per favore,* scopami."

"Ah, adoro sentire uscire quelle parole dalla tua bocca.

Ma lo sai che dovrai placare la mia bestia, la mia febbre. Non ti scoperò solo una volta. Ti scoperò ancora e ancora, in modo duro e selvaggio, proprio come ne hai bisogno. Ti farò venire così tante volte che non ricorderai più nessun nome se non il mio."

Gemetti. "Fallo. Prendimi." Le sue parole erano così sporche che avrei dovuto sentirmi mortificata, invece non facevano che eccitarmi di più. "Riempimi. Posso placare la tua febbre. Sono l'unica."

Non sapevo nemmeno cosa significasse, ma *sentivo* che era la verità. Ero l'unica che potesse alleviare la rabbia ansiosa che riuscivo a sentire scalpitare sotto il suo tocco gentile e le sue morbide labbra. Scopare era una valvola di sfogo per la sua intensità, e aiutarlo era mio dovere, il mio compito. Non che fosse un peso; avevo un bisogno disperato che mi scopasse. Forse anch'io ero in preda alla febbre.

Mi sollevò come se non pesassi nulla, con la schiena incurvata per la presa che aveva sui miei polsi e i seni protesi in offerta; mi contorsi per avvicinarmi a lui e costringerlo a riempirmi.

"Mettimi le gambe intorno. Apriti, dammi quello che voglio. Offrimelo." Morse leggermente la curva della mia spalla ed io piagnucolai per il desiderio, mentre il suo petto massiccio strofinava contro i miei capezzoli sensibili e la sua coscia mi spingeva verso l'alto costringendomi a cavalcarlo strofinandomi contro il clitoride in un implacabile assalto volto a farmi perdere il controllo.

Facendo leva sulla sua presa, sollevai le gambe e mi avvinghiai a lui sentendo la cappella del suo grosso cazzo contro il mio ingresso. Non appena lo ebbi dove volevo che fosse, incrociai le caviglie appena sopra la curva del suo sedere muscoloso e provai a farlo avvicinare per impalarmi, ma era troppo grande, troppo forte, e non potei che gemere frustrata.

"Dillo, compagna, mentre ti riempio con il mio cazzo. Di' il mio nome. Di' a chi appartiene il cazzo che ti sta riempiendo. Di' il nome dell'unico al quale ti sottometterai. Dillo."

Il suo cazzo premeva per entrare, allargando le labbra della mia figa e dilatandomi completamente. Potevo sentirne la durezza, il calore. Potevo annusare il profumo muschiato della mia eccitazione, del sesso. Sentivo la sua bocca che succhiava la pelle sensibile del mio collo, la sua presa forte come l'acciaio che mi teneva in posizione e il solido muro dietro di me che non mi lasciava alcuna via di fuga dallo sferzare del suo corpo dominante. Riuscivo a sentire la sua potente mole mentre mi ci avvinghiavo con le cosce. Sentivo il movimento dei muscoli del suo sedere mentre mi penetrava.

Inclinai la testa all'indietro e gridai il suo nome, quel nome che significava tutto per me.

"Signorina Mills."

La voce era delicata, quasi timida, e non era la *sua*. La ignorai e mi misi a pensare a come il suo cazzo mi stava riempiendo. Non ero mai stata dilatata in quel modo prima, e il leggero bruciore si univa al piacere della sua cappella rossa che scivolava sui punti più sensibili dentro di me.

"Signorina Mills."

Sentii una mano sulla mia spalla. Fredda. Piccola. Non era la *sua* mano, perché nel sogno lui mi afferrava il culo, stringendolo mentre andava a fondo e mi bloccava contro il muro.

Mi svegliai di soprassalto e scostai il braccio dal tocco appiccicaticcio dell'estraneo. Sbattei gli occhi un paio di volte, per poi realizzare che la donna davanti a me era la Direttrice Morda. Non era l'uomo del sogno. Oh, Dio, era stato un sogno.

Sobbalzai e cercai di riprendere fiato mentre la osservavo.

Era lei la realtà. La Direttrice Morda si trovava con me nella stanza. Non ero stata scopata da un maschio con un cazzo enorme e con le parole di un amante esigente. La donna aveva l'espressione di un gatto costipato e forse fu il mio viso a farle fare un passo indietro. Come osava interrompere *quel* sogno? Il miglior sesso che avevo fatto non ci si avvicinava nemmeno. Diamine, quello sì che era un sogno eccitante. Non avevo mai fatto del sesso così brutale, sbattuta contro un muro, ma ora lo volevo. Le mie pareti interne si contrassero al ricordo della sensazione di quel cazzo. Le mie dita bramavano afferrare di nuovo le sue spalle. Volevo avvolgere la sua vita con le mie caviglie, affondargli i talloni nel culo.

Quel sogno erotico era fuori di testa. Ora, Dio, era quasi mortificante che non fosse stato reale. No, era mortificante il fatto che avrei dovuto essere preparata per unirmi alle prime linee della coalizione, non per recitare come porno star. Avevo immaginato che il processo di preparazione comprendesse una visita medica, un impianto anticoncezionale e forse una valutazione psichiatrica. Ero già stata nell'esercito, ma non nello spazio. Quanto poteva essere diverso? Che tipo di preparazione era costringermi ad avere un sogno erotico. Era perché ero una donna? Volevano assicurarsi che non sarei saltata addosso a un commilitone? Era ridicolo, ma quale altro motivo poteva esserci per un sogno erotico così eccitante?

"Che cosa?" latrai, ancora arrabbiata per essere stata strappata via da quel piacere e imbarazzata per essere stata colta in uno stato così emotivamente vulnerabile.

Sobbalzò, chiaramente poco abituata al comportamento rude delle nuove reclute. Strano, dal momento che aveva a che fare con esse ogni giorno. Aveva detto che era nuova qui al centro di smistamento, ma non si era capito quanto nuova. Con la fortuna che avevo, probabilmente era il suo primo giorno.

"Mi dispiace averla disturbata." La sua voce era mite. Mi ricordava un topo. Capelli castani scialbi, lisci e lunghi. Niente trucco e un'uniforme che la faceva sembrare pallida. "Il suo test è stato completato."

Guardai in basso verso il mio corpo, accigliandomi. Mi sembrava di essere nell'ufficio di un dottore, con il camice da ospedale con il logo rosso ripetuto su tutto il materiale ruvido. La sedia era come quella di un dentista, ma le cinghie ai polsi erano piuttosto sgradite. Gli diedi uno strattone per testarne la resistenza, ma non cedevano. Ero in trappola. Decisamente non era una sensazione piacevole. Mi fece pensare al sogno, nel quale lui mi teneva i polsi bloccati sopra la testa, cosa che invece mi era piaciuta. Un sacco. A parte per il fatto di avermi costretta a dirgli che avevo intenzione di sottomettermi e di essere in suo potere. Non aveva senso, perché *odiavo* essere sotto il controllo di chiunque. Quando andavo in giro con gli amici ero io a guidare. Ero io a organizzare le feste di compleanno. Facevo la spesa per la mia famiglia. Avevo un padre e tre fratelli, tutti prepotenti. Sebbene mi avessero cresciuta per essere prepotente come loro, non mi avevano mai permesso di dire loro cosa fare. Mi importunavano, mi prendevano in giro, spaventavano qualsiasi uomo vagamente interessato a me. Si erano arruolati nell'esercito ed io li avevo seguiti. Volevo aver il controllo tanto quanto loro.

Ora, queste dannate cinghie mi facevano sentire in trappola. Bloccata senza via di fuga. Lanciai un'occhiataccia alla direttrice.

Le sue spalle si ammosciarono, rimpicciolendosi di qualche centimetro.

"Il mio test è stato completato? Non le interessano le mie abilità con le armi da fuoco? Nel combattimento a mani nude? Nel pilotaggio?

Si inumidì le labbra e si schiarì la gola. "Le sue... abilità sono notevoli, ne sono sicura, ma a meno che non riguardino i test appena effettuati... no."

Le mie abilità in battaglia erano molte, poiché avevo anni di esperienza, probabilmente più della maggior parte delle reclute della coalizione. Da quanto ne sapevo, tutti i test consistevano in simulazioni come quella che avevo appena dovuto sopportare, la quale era stata bizzarra, ma forse più rapida dei test condotti con armi da fuoco o su un velivolo militare. Quel sogno erotico era qualche tipo di nuovo test? Non ero una ninfomane, ma non avrei comunque rifiutato un uomo attraente, se si fosse presentata l'occasione. Comunque, conoscevo la differenza tra la camera da letto e il campo di battaglia. Perché gli interessavano le mie inclinazioni sessuali? Credevano che una donna umana non sarebbe riuscita a resistere a un seducente alieno? Diamine, ero stata circondata da attraenti maschi alfa per tutta la vita. Resistere non era un problema.

O forse stavano cercando di dimostrare che c'era qualcosa che non andava in me, cosicché avevo evocato l'immagine di una donna dominata e bloccata contro un muro da un uomo eccitato e ben dotato? Eppure non era stato prepotente. Non avevo avuto paura di lui. Io lo volevo. Ne avevo *bisogno*. Non c'erano state esplosioni, a meno che non si consideri il fatto che ero quasi venuta quando mi aveva penetrato fino in fondo. Contrassi di nuovo i muscoli del mio inguine, con l'intensità del sogno che mi faceva bramare di essere riempita dal seme caldo di quell'uomo enorme.

Era il mio turno di schiarirmi la gola.

Un battito alla porta fece girare la direttrice sui suoi tacchi dalle suole di gomma.

Entrò un'altra donna in un uniforme identica, ma indossata con molta più sicurezza e con fare esperto.

"Signorina Mills, sono la Direttrice Egara. Vedo che ha completato i test." La Direttrice Egara aveva i capelli castano scuro, gli occhi grigi e la postura di una ballerina. Aveva la spalle squadrate e un corpo snello e ben retto. Tutto di lei comunicava educazione, sicurezza, raffinatezza.

L'esatto opposto del quartiere nel quale ero cresciuta. La direttrice diede un'occhiata al tablet che portava con sé. Supposi che il cenno che fece con la testa indicasse che era soddisfatta, ma la sua espressione era severa e non concedeva nulla.

Avrei voluto avere metà della sua compostezza, poiché sentii un cupo cipiglio oscurarmi il volto. "C'è un motivo per il quale mi trovo legata a questa sedia?"

L'ultima cosa che ricordavo era che mi trovavo seduta davanti al piccolo topo – che ora era praticamente nascosto accanto alla direttrice autoritaria – e che prendevo una piccola pillola dalle sue mani. L'avevo mandata giù con un bicchiere d'acqua. Ora mi trovavo nuda sotto il camice –

potevo sentire il mio sedere nudo contro la plastica dura – e legata. Se proprio dovevo essere vestita in qualche modo, di sicuro questo ridicolo camice ospedaliero non era la cosa giusta, lo sarebbe stato piuttosto un'uniforme da guerriero della coalizione.

La direttrice mi lanciò un occhiata e mi offrì un sorriso sicuro. Tutto di lei sembrava professionale, al contrario del topo.

"Alcune donne reagiscono vigorosamente ai test. Le cinghie sono per la sua sicurezza."

"Allora non le dispiacerà rimuoverle adesso?"

Sentivo di non avere il controllo con le braccia bloccate. Se ci fosse stato un qualche pericolo avrei potuto scalciare contro un assalitore, perché avevo le gambe libere, ma sicuramente avrei offerto un bello spettacolo quando avrei alzato la gamba.

"Non fino a quando non avremo finito. Lo richiede il protocollo," aggiunse, come se avesse fatto qualche differenza.

Prese una sedia dal tavolo davanti a me e il topo si accomodò accanto a lei.

"Prima di procedere dobbiamo farle delle domande standard, Signorina Mills."

Cercai di non portare gli occhi al cielo, conoscendo la pignoleria dell'esercito per quanto riguardava scartoffie e organizzazione. Non avrei dovuto essere sorpresa che un'organizzazione militare composta da oltre duecento pianeti membri volesse rendermi le cose difficili. Il mio arruolamento nell'esercito degli Stati Uniti aveva richiesto giorni di scartoffie, e si trattava di un piccolo Stato su un piccolo pianeta blu in mezzo a centinaia di altri. Diamine, sarei stata fortunata se le procedure della coalizione aliena ci avessero messo due mesi.

"Bene," replicai impaziente di terminare. Avevo un fratello da trovare e stavo perdendo tempo. Ogni secondo che passavo bloccata qui sulla Terra era un'occasione in più per far sì che il mio fratello fuori di testa facesse qualcosa di stupido e si facesse uccidere.

"Il suo nome è Sarah Mills, esatto?"

"Sì."

"Non è sposata."

"No."

"Niente figli?"

Ora alzai gli occhi al cielo. Non mi sarei offerta volontaria per un servizio militare attivo nello spazio profondo in lotta contro il terribile Alveare se avessi avuto figli. Stavo per firmare per un servizio di due anni e non avrei mai lasciato dei figli. Nemmeno per la promessa che avevo fatto a mio padre sul suo letto di morte.

"No. Non ho figli."

"Molto bene. È stata assegnata al pianeta Atlan."

Aggrottai la fronte. "Ma non è per niente vicino alle prime linee." *Sapevo* dove avevano luogo i combattimenti perché i miei due fratelli, John e Chris, erano morti lì nello spazio e il mio fratello più giovane, Seth, stava ancora combattendo.

"Esatto." Guardò oltre le mie spalle con quello sguardo vago di qualcuno che sta pensando. "Se ne so abbastanza di geografia, Atlan è circa a tre anni luce dal più vicino avamposto attivo dell'Alveare."

"E allora perché sto andando lì?"

Fu la volta della direttrice di aggrottare la fronte, con lo sguardo concentrato sul mio viso. "Perché è da lì che viene il suo compagno prescelto."

Spalancai la bocca guardando la donna, strabuzzando tanto gli occhi che mi sembrò dovessero schizzarmi fuori dalla testa. "Il mio *compagno*? Perché dovrei volere un compagno?"

# 2

_Sarah_

IL MIO TONO SORPRESO e la mia espressione palesemente sconvolta erano chiaramente qualcosa di nuovo per la donna. Lanciò un'occhiata al topo e poi di nuovo a me. "Be', uhm... perché si trova qui per i test e la preparazione del Programma Spose Interstellari. Alcune donne possono metterci più di altre per riprendersi dai test e possono svegliarsi... confuse. Ad ogni modo, nessuna ha mai dimenticato il motivo per cui si trovava qui. Trovo preoccupanti le sue domande. Signorina Mills, si sente bene?" Si voltò verso il topo. "Chiami quelli del piano di sotto. Credo che potrebbe avere bisogno di una nuova scansione cerebrale."

"Non ho bisogno di una scansione." Mi tirai su e cercai di lottare contro le cinghie, ma non riuscivo a muovermi. La mia agitazione fece rizzare entrambe le donne sulle loro sedie ed io continuai. "Mi sento bene. Credo che lei..." aprii il pugno indicando in direzione del topo, che si stava mordicchiando il labbro mentre afferrava il bordo del tavolo, "abbia commesso un grosso errore."

La Direttrice Egara rimase impassibile continuando a far scivolare le dita sul tablet. Passò un minuto, poi un altro. Mi guardò. "Lei è Sarah Mills e si è offerta volontaria per essere una sposa del Programma Spose Interstellari."

Mi sfuggì un risolino. Probabilmente il fatto che fossi legata era una cosa buona. "Assolutamente no. Sono l'ultima persona ad avere bisogno di essere abbinata ad un uomo. Sono cresciuta con tre fratelli e un padre iperprotettivo, e si sono sempre impicciati della mia vita privata. Erano dannatamente prepotenti e spaventavano qualunque ragazzo che potesse anche solo *pensare* a me in qualche modo sessuale." Avevo trovato una maniera per tenere *certe* cose segrete, uomini inclusi, e quello che la mia famiglia non sapeva non poteva nuocere a loro. "Per quale motivo al mondo dovrei avere bisogno di un uomo?"

"Infatti non si trova su questo mondo," disse il topo.

Con uno scatto del capo la Direttrice Egara squadrò il topo ed io ne fui piuttosto impressionata. Non molte donne civili di mia conoscenza riuscivano ad avere un tale sguardo assassino. La direttrice era una professionista.

"E allora perché si trova qui?" La direttrice riportò la sua attenzione su di me, con la testa inclinata di lato come se fossi stata un puzzle da risolvere.

"In questo momento mi chiedo dove sia *qui;* ad ogni modo, mi sono offerta volontaria come combattente della coalizione per il contingente terrestre."

"Ma lei è una donna," ribatté il topo con gli occhi spalancati.

Guardai il mio stesso corpo prima di rispondere. Avevo

le ossa robuste ed avevo passato tante ore a fare solleva-
mento pesi quanto la maggior parte dei ragazzi nella mia
unità. Nonostante le ore di allenamento, ero ancora
formosa, con fianchi attraenti e un seno pieno, e non avrei
potuto essere scambiata per un uomo. "Sì, i miei fratelli si
sono sempre divertiti a farmelo notare."

Pensai a loro, due andati e uno nello spazio a combattere
l'Alveare. All'epoca odiavo che m'importunassero ma, con
John e Chris ormai morti, avrei dato qualsiasi cosa – incluso
combattere da sola l'Alveare – per vedere Seth prendermi
ancora in giro. Seth era ancora là fuori, da qualche parte. Ed
io lo avrei trovato e riportato a casa. Era ciò che voleva mio
padre e che prima di morire mi aveva fatto promettere di fare.

"Ma non ci sono altri volontari donne." Il topo iniziò ad
agitarsi, con il ginocchio sinistro che faceva su e giù come
una molla.

"Non è vero," replicò la direttrice con voce ruvida e irri-
tata. "Questo è il suo secondo giorno di lavoro, per cui
ignora molte cose. Ci sono state donne che si sono offerte
volontarie per combattere l'Alveare, semplicemente non
tante. Signorina Mills, credo che abbia diritto a delle scuse."

"Grazie." Le mie spalle si distesero e sentii di poter respirare di nuovo. Non volevo un compagno e non mi serviva.
Non volevo andare su Atlan. Volevo e dovevo andare a uccidere le cose che avevano ucciso i miei due fratelli. Mio padre
si sarebbe rivoltato nella tomba se avessi voltato le spalle
alla guerra e fatto finta di essere una femmina debole e
spaventata che aveva bisogno di un uomo che si prendesse
cura di lei. Non ero stata cresciuta in quel modo. Mio padre
e i miei fratelli si erano assicurati che fossi in grado di
badare a me stessa, si aspettavano di più da me. "Quando

posso andarmene? Sono pronta ad andare a combattere l'Alveare."

Sapevo che la maggior parte delle donne sane di mente avrebbe pensato che ero pazza. Chi avrebbe rifiutato un'anima gemella, un compagno totalmente e completamente devoto per il resto della vita, un uomo forte con cui avere dei bambini e una casa, per andare in battaglia e probabilmente morire?

Decisamente io.

"Lei è stata assegnata ad Atlan," precisò. "I test sono stati fatti. In base al suo profilo psicologico e alle valutazioni del programma di abbinamento, il suo compagno sarà selezionato tra i maschi disponibili sul pianeta Atlan. Lì le cose sono un po' diverse..."

"No. Ma..." la interruppi, ma non aveva finito.

Sospirò e alzò la mano per bloccare ogni ulteriore discussione. "Sarebbe teletrasportata fuori dal pianeta senza il suo consenso. Suppongo di non averlo."

"No. Non ce l'ha," replicai in modo chiaro. "Non ho bisogno di un uomo alieno, di un... *compagno* che mi dica cosa fare."

"Avrà un ufficiale in comando, probabilmente un uomo, che le dirà esattamente cosa fare per i prossimi due anni," rispose il topo.

Aveva ragione, ma non glielo avrei detto. Inoltre, c'era una grande differenza tra un compagno che, secondo le norme della coalizione, sarebbe stato legalmente autorizzato a darmi ordini per il resto della mia vita, e un ufficiale in comando che sarebbe uscito dalla mia vita dopo due anni. "Farò qualunque cosa per trovare mio fratello. L'*unico* fratello che io abbia ancora in vita dopo aver combattuto l'Alveare. Ho fatto una promessa a mio padre e *niente* mi impedirà di mantenere la parola."

Entrambe le donne mi guardarono con gli occhi spalancati, probabilmente sorprese dalla mia veemenza. Non stavo sparando cazzate. Volevo trovare Seth e uccidere quanti più soldati dell'Alveare possibile per avermi portato via John e Chris. L'Alveare non aveva *esattamente* ucciso mio padre, ma il dispiacere per la morte dei miei fratelli aveva certamente contribuito.

"Molto bene," replicò la direttrice, che con un movimento delle dita sul tablet sbloccò le cinghie ai miei polsi. "Dal momento che non ho il suo consenso per fare di lei una sposa, è libera di andare al centro di valutazione del Battaglione Interstellare e iniziare la preparazione per farle prestare giuramento."

Strofinandomi i polsi, dissi: "Allora questo non è servito a nulla? Devo ricominciare daccapo lì?"

Sospirò. "Temo di sì. Mi dispiace."

"Va bene, purché tutta la faccenda del compagno sia risolta." Mi sentii meglio sapendo il motivo dietro il sogno erotico. Per un minuto mi ero chiesta se non avessi dentro la testa una parte repressa di me che non conoscevo. Fui sollevata di scoprire che non era stata colpa mia. Non avevo fatto niente per far salire in superficie quell'immaginario sessuale.

Ruotai sulla sedia e misi i piedi nudi sul pavimento. Mi tremavano le gambe, ma mi rifiutai di pensare al perché. Perché avere un compagno autoritario mi spaventava più di combattere contro dei cyborg alieni senza scrupoli?

Be', tanto per cominciare, se un cyborg mi avesse fatto incazzare, avrei potuto fargli esplodere la testa e girare i tacchi. Ma un compagno? Mi avrebbe fatto arrabbiare e sarei stata bloccata con lui per sempre, covando odio come un vulcano e senza poter mai esplodere... e Dio solo sa il caratterino che ho. Mi aveva messo nei guai più di una volta. Ma mi aveva anche salvato la vita. Seth mi prendeva in giro per questo, dicendo che sarei diventata immortale perché ero troppo testarda per morire.

"La scorterò personalmente per assicurarmi che vada nel posto giusto, questa volta." La direttrice parlava a me, ma lo faceva guardando il topo sottomesso. "E che *tutti* i protocolli siano seguiti alla lettera."

Rivolsi un leggero sorriso al topo. "Non sia troppo dura con lei," risposi. "È nuova. E ha fatto un sogno incredibile."

Merda, era stato incredibile davvero. Se il tipo con cui sarei stata abbinata fosse stato in qualche modo simile all'amante grande e aggressivo del sogno... il pensiero mi fece inturgidire i capezzoli.

La direttrice sollevò un sopracciglio. "Non è troppo tardi per cambiare idea, Signorina Mills. Sappia che quello non è stato un sogno, ma i dati del centro di preparazione relativi all'esperienza di un'altra sposa durante la sua cerimonia di rivendicazione con un maschio di Atlan."

"Dati del centro di preparazione?"

La direttrice arrossì, con le guance che diventavano di un rosa acceso, mentre cercavo di capire cosa significasse *esattamente*.

"Sì. Quando viene mandata fuori dal pianeta, a una sposa viene impiantata un'Unità di Neurostimolazione proprio qui. Vale lo stesso per i combattenti della coalizione." Sollevò un dito e picchettò sulla protuberanza ossea del suo cranio, appena sopra la tempia. "Aiuta a imparare e adattarsi a tutti i linguaggi della Coalizione Interstellare."

"Potrò parlare con chiunque?"

"Sì. Ma non è tutto." Ritrasse lo sguardo, per poi guardarmi di nuovo. "Quando una sposa viene rivendicata dal suo compagno, i dati sensoriali, ciò che vede, ascolta e... sente," la direttrice si schiarì la gola, "viene registrato e usato per stimolare mentalmente, preparare le future spose e determinare la loro idoneità agli uomini e alle usanze di quel determinato pianeta."

Porca troia. "Allora non era stato un sogno. Stavo rivivendo i *ricordi* di qualcun altro? Era successo davvero?"

La direttrice sorrise. "Oh sì. Esattamente come lo ha vissuto lei."

"A un'altra donna'"

"Sì."

Wow. Non avevo idea di cosa fare con quella notizia. Significava che tutti gli uomini di Atlan erano dominanti come quello del sogno? Aveva parlato di una febbre, di una rabbia che solo io – la donna del sogno – potevo domare. Intendeva che era eccitato da lei? Se quella era la sensazione di un sogno, potevo solo immaginare quanto sconvolgente dovesse essere la realtà. Dio, quell'uomo, era diverso da chiunque avessi mai conosciuto sulla Terra. Quel sogno era stato più eccitante di qualsiasi altra esperienza avessi avuto a letto con un uomo.

Ma era stato un sogno, almeno per me. Non dovevo soffermarmi su di esso. Era stato un errore. Stavo andando a combattere per la coalizione. Stavo andando a trovare Seth. Non avevo tempo per farmi distrarre dalla libido. Era pura e sciocca libido. Stavo pensando a uccidere cyborg, eppure i miei capezzoli erano ancora duri. Era totalmente inaccettabile. Prima il dovere. La mia libido repressa avrebbe dovuto aspettare fino a che non avessi portato mio fratello a casa sano e salvo. Dovevo trovarlo, combattere con lui e concludere i termini del servizio. *Poi* saremmo potuti andare a casa.

Alzai lo sguardo per trovare la direttrice che mi guardava da vicino. "Può sempre cambiare idea, Signorina Mills. Sarà abbinata a un guerriero di Atlan. Sarà completamente suo, i vostri profili psicologici e le vostre preferenze saranno allineate. Sarà totalmente devoto, fedele e perfetto per lei in tutti i modi."

Mi ricordai le forti spinte del cazzo di quell'uomo, il modo in cui gemevo e mi contorcevo contro il muro mentre mi prendeva. La forza del sentirmi voluta, desiderata fino ad essere scopata selvaggiamente. Avrei potuto avere tutto ciò. Avrei potuto avere uno di quei grossi e selvaggi amanti tutto per me...

No. Assolutamente no. Non avrei lasciato che i miei ormoni mi trasformassero in un'idiota. Avevo un piano, uno scopo. Dovevo trovare Seth. Non avevo *bisogno* di un uomo seducente con un cazzo enorme in grado di farmi venire prendendomi forte e a fondo. Sospirai. *Bisogno?* No. Ma *voglia...*

Dannazione. Concentrati! *Prima il dovere.* Non sarei stata debole. Mi restava solo un fratello. Uno.

"Non voglio un compagno, direttrice. Ho semplicemente bisogno di andare in prima linea e combattere accanto a mio fratello. Ho promesso a mio padre che mi sarei presa cura di lui e lo avrei portato a casa."

Sospirò, visibilmente amareggiata. "Molto bene."

———

*DAX, Nave da Guerra Brekk, Settore 592, Il Fronte*

· · ·

"DATE A QUESTO SOLDATO UNA COMPAGNA," urlò il mio ufficiale in comando, spingendomi nella stazione medica della
Nave da Guerra Brekk nel momento in cui le porte della sala
si aprirono.

Tutti gli impiegati si voltarono al tuonare dell'ordine che
si diffondeva su tutte le superfici dure e sterili dei tavoli
medici e dei lisci schermi di vetro che coprivano quasi ogni
centimetro quadro delle pareti. Su quelle superfici lucide
scorreva un flusso interminabile di dati medici, scansioni
biometriche e risultati dei test dei pazienti monitorati.

Un uomo nell'uniforme grigia indossata dal personale
medico corse davanti a me. "Abbiamo bisogno che prenda
un appuntamento..."

"Subito!" urlò il Comandante Deek. "A meno che non
vogliate che una furia atlaniana nella sua forma bestiale
devasti questa nave."

L'ufficiale medico fece un signorsì con il piede e annuì
con la testa, mentre una dottoressa si affrettava a sostituirlo.
Indossava l'uniforme formale di colore verde dei dottori di
alto rango, ma era piccola e delicata, non grande abbastanza
da fermarmi qualora la frenesia che sentivo crescere dentro
di me si fosse liberata. Repressi la furia in rispetto alla
femmina minuta, grato di non avere di fronte a me l'enorme
dottore di Prillion che riuscivo a vedere all'altro lato della
stazione medica. La mia reazione alla donna lo rendeva
evidente. Il Comandante Deek aveva ragione. Avevo bisogno
di una compagna per calmare la bestia. Non che l'idea mi
piacesse.

"Non posso aspettare," grugnii, per niente desideroso di
essere al centro dell'attenzione di tutti. Il forte rimbombo
della mia voce era un'ulteriore prova di quanto mi trovassi al
limite dell'autocontrollo. Avevo sentito l'impulso di avere

una compagna per settimane, ma l'avevo ignorato. C'era sempre una nuova battaglia, un nuovo avamposto dell'Alveare da distruggere. Avevo un lavoro da fare e il mio corpo non mi permetteva di farlo. Al contrario, il mio cazzo e la mia mente si erano bloccati su un unico bisogno: una compagna, accoppiarmi, scopare fino a non vederci più. Avevo bisogno di una compagna per placare la bestia, o la bestia mi avrebbe consumato fino a che non mi fossi ridotto a un animale senza cervello. Ed ora, tutti su questa nave sapevano quanto disperatamente avessi bisogno di scopare. Accoppiarsi o morire. Era così che funzionava per un maschio di Atlan. Eravamo troppo potenti per essere lasciati inselvatichire. Se non mi fossi accoppiato presto, gli altri guerrieri Atlaniani sarebbero stati costretti a giustiziarmi, poiché era un loro diritto.

Ne ero consapevole, eppure credevo davvero di poter trattenere la febbre per qualche altra settimana. A quel punto sarei stato a casa. Il mio servizio presso l'esercito della coalizione sarebbe terminato. Sarei stato libero di scegliere qualsiasi donna del mio mondo natio. Sarei stato un vincitore, cercato e conteso dalle femmine più intelligenti, belle e desiderabili. Se solo fossi riuscito a tornare a casa.

"Non avrei spaventato il personale, se mi avessi detto che avevi la febbre dell'accoppiamento," ribatté lasciando la presa sulla mia spalla.

"Non vedo cosa centri con le mie prestazioni nell'ultima incursione. Ho tutto sotto controllo."

"Sei corso dritto in mezzo alla nostra linea di fuoco ed hai fatto fuori da solo un intero squadrone di ricognitori dell'Alveare. Gli ultimi due non li hai semplicemente sparati. No, la tua bestia ha richiesto che le loro teste fossero staccate dai corpi." Incrociò le braccia e aggrottò le sopracciglia. "Non sono un qualche comandante ignorante di Trion. Sono un atlaniano. Conosco i segni, Dax. La tua bestia ti ha quasi posseduto del tutto oggi. È arrivato il momento."

Mi guardai i palmi delle mani. Ero tanto letale quanto qualsiasi altro atlaniano, eccetto per il fatto che non avevo mai lasciato che una tale furia prendesse il sopravvento. I guerrieri di Atlan erano temuti in battaglia, rinomati per essere freddi, calcolatori e molto potenti. Nessun guerriero atlaniano – almeno nessuno libero dalla febbre dell'accoppiamento – demolirebbe un combattente dell'Alveare – o tre – a mani nude. Sarebbe considerato un inefficiente uso di energie. Ma oggi, avevo posato gli occhi sui miei nemici e avevo avuto un bisogno incontrollabile... una *smania* primordiale di squarciarli in due. E così avevo fatto.

Avevo notato l'intensità del mio odio crescere nelle ultime settimane, ma mi ero rifiutato di pensare che la febbre ne fosse la causa. Ero già due anni più vecchio della maggior parte degli uomini che venivano colpiti dalla febbre, e avevo semplicemente cercato di ignorare la cosa.

"Dovresti ringraziarmi per le mie uccisioni di oggi, non abbinarmi a un'aliena."

Mi spinse nella direzione indicata dalla dottoressa, verso un altro membro del personale che aveva preparato un'unità di valutazione per me. Il Comandante Deek la ringraziò e mi spinse verso la sedia, una volta che la dottoressa si fu allontanata per badare agli altri pazienti. "Ti ringrazierò quando avrai una compagna e saprò di non doverti giustiziare per aver perso il controllo." Fece un sorriso che mi aspettavo, quello di comune soddisfazione per la vittoria. "Lo ammetto, mi dispiacerà vederti andare."

Un uomo con la febbre dell'accoppiamento veniva immediatamente sollevato dall'incarico e inviato a casa ad

Atlan per prendere una compagna. Il suo servizio nella lotta all'Alveare era terminato. Il nuovo dovere di quell'uomo era procreare, fecondare la sua nuova compagna come la bestia che era fino a che la donna non avesse portato in grembo il suo bambino.

Ritirarmi e mettere su famiglia mentre c'erano ancora avamposti dell'Alveare attivi da combattere? No. Non avevo alcuna voglia di farlo. Appartenevo alle prime linee della battaglia, per staccare la testa ai miei nemici e proteggere la mia gente. Non avevo bisogno di una compagna, e non desideravo neppure della prole. Ero contento della mia vita così com'era. Qui ero un guerriero con uno scopo. Cosa avrei dovuto farci con una compagna? Seguirla in giro come un giovincello innamorato, farmi le seghe e sprecare tempo prezioso cercando di convincere una femmina aliena a non avere paura di me o della mia bestia? Come potevo fare una cosa del genere?

Quando un Atlaniano si trasformava in bestia, i suoi muscoli si gonfiavano fino a diventare quasi il doppio, i denti si allungavano in zanne e la capacità di parlare svaniva quasi del tutto. Cosa ci avrebbe fatto una femmina aliena con un atlaniano diventato bestia?

Dovevo andare a casa e trovare una femmina di Atlan, una che sapevo non mi avrebbe temuto. Una donna che non avrei avuto paura di dilaniare in due con il mio cazzo gigante e con il bisogno di dominare totalmente il suo corpo, di coprirla con la mia mole e scoparla fino a farla svenire. La mia resistenza faceva agitare la bestia, e durante un accoppiamento essa avrebbe certamente punito con severità qualsiasi gesto di ribellione o di disobbedienza da parte di una donna. Una femmina atlaniana avrebbe risposto bene al mio bisogno di controllo, avrebbe dato un umido benvenuto ai miei ruggiti e avrebbe spalancato le gambe per il mio cazzo avido, sapendo che il suo morbido corpo e la sua figa bagnata alla fine mi avrebbero domato. Forse mi avrebbe persino permesso di dormire con la testa appoggiata alle sue morbide cosce e con il viso accanto al dolce profumo della sua figa, mentre sognavo di scoparla di nuovo.

Ma una donna aliena? Che cosa si sarebbe aspettata? Un uomo che sogna ad occhi aperti, scrive lettere d'amore e le fa regali luccicanti? No. Su Atlan, tenere le mani di una donna bloccate sopra la sua testa e scoparla contro un muro equivale a una lettera d'amore. Il regalo di un guerriero atlaniano per la sua sposa è legarla e leccarle la figa fino a farla venire urlando e pregando di essere scopata. Queste immagini mi fecero gonfiare il cazzo, e cambiai posizione per nascondere la mia condizione agli occhi del Comandante Deek. Guardai il suo volto e le sopracciglia corrucciate e riconobbi la sconfitta. *Febbre da accoppiamento.* Semplicemente *non* riuscivo a smettere di pensare a scopare.

"Fatemi andare a casa. Posso trovare da solo una compagna," replicai abbandonandomi sulla sedia dell'esaminazione. Era reclinata, per cui mi appoggiai all'indietro, incrociai le braccia sulla vita e guardai in su verso il soffitto di metallo con la mascella serrata.

"Non hai abbastanza tempo per un corteggiamento formale su Atlan. Potrebbero volerci mesi." Prese posto su uno sgabello all'estremità del tavolo e mi guardò dritto negli occhi. "Sarai morto tra una settimana se non trovi una compagna. Non hai tempo per corteggiare una femmina dell'élite di Atlan, ma sarai messo in cima alla lista per le compagne. È ovvio che la tua febbre richiede una soluzione immediata."

Gli lanciai uno sguardo dubbioso, alzando il sopracciglio. "Corteggiare? E chi ha detto niente riguardo una élite?" A quel punto mi sarebbe andata bene una prostituta di periferia, purché la sua pelle fosse stata morbida e la sua figa bagnata.

Alzò gli occhi. Nessun guerriero tornava a casa su Atlan per meno di una femmina dell'elite. Le compagne dei guerrieri erano beni preziosi su Atlan; ricche, influenti e rispettate. Le femmine disponibili e i loro padri si sarebbero aspettati un rituale di corteggiamento completo da me, nel caso fossi tornato a casa. Ero un comandante di terra, un signore della guerra al comando di diverse migliaia di unità di fanteria e squadroni di incursori. Non ero un novellino che tornava a casa con niente. Il senato di Atlan avrebbe onorato il mio ritorno con ricchezze, proprietà e titoli.

Il Comandante Deek aveva ragione. Anche se fossi stato trasportato a casa in giornata, non avrei potuto avere una compagna approvata per mesi. Non avevo tempo per le formalità. Non avevo tempo per corteggiare una dolce femmina atlaniana. Mi serviva una cosa rapida e grezza. Mi serviva una donna da montare, scopare e dominare subito, una donna che mi togliesse dal ciglio del baratro. Qualcuna dolce, serena, gentile e fertile, come le femmine dell'élite atlaniana. Una donna che potesse addomesticare la mia bestia e calmare la mia rabbia.

Mi diede un colpetto sulla spalla quando si accorse che mi ero distratto. "Ascolta, Dax. Prenderai una compagna un'unica volta e dovrai farlo per bene. Anche se si tratta di un'aliena."

L'idea di arrivare a farmi davvero *piacere* una compagna, una compagna *aliena*, era altamente improbabile. Ma non c'era bisogno che m'innamorassi. Dovevo solo scoparla. Be', non solo scoparla, ma *unirmi* a lei per soddisfare la fame di contatto della mia bestia, il bisogno delle carezze di una donna sul mio corpo. Era abbastanza semplice.

"D'accordo. Facciamolo," dissi risoluto.

Le cinghie si avvolsero attorno ai miei polsi bloccandoli in posizione. La mia bestia interiore si ribellò alla costrizione, ma mantenni il controllo. A fatica. Sapevo che era il modo più rapido per convocare una compagna, per cui mi concentrai solo su questo fatto fino a che la bestia era bloccata dentro di me, vigile ma disposta ad aspettare.

L'ufficiale medico collegò le sonde alle mie tempie e iniziò a premere ogni sorta di bottone sullo schermo a muro dietro la mia testa. Lo ignorai completamente. Non avevo voglia di spiegazioni o analisi di ogni passo. Volevo che fosse finita.

"Il test non farà male, Signore della Guerra Dax," disse l'ufficiale medico, guardando non me ma lo schermo. "L'abbinamento prende in considerazione diversi fattori, inclusi compatibilità fisica, personalità, aspetto, bisogni sessuali, fantasie represse, eccitabilità sessuale, idoneità genetica alla produzione di prole in salute..."

"Inizi, senza chiacchiere."

L'uomo chiuse la bocca. Il Comandante Deek poteva essere al comando del battaglione atlaniano, ma anche io ero un leader nel pieno dei miei diritti e lo sapevano tutti. Inclusi, a quanto pareva, quelli dell'unità medica.

L'uomo diede un'occhiata al Comandante Deek, il quale annuì severamente.

"Molto bene. Chiuda gli occhi..."

———

APRII gli occhi per vedere il Comandante Deek osservarmi

dall'alto. Il suo volto austero era corrucciato e mi chiesi quanto fosse vicino lui alla sua febbre d'accoppiamento. "Forse dovresti essere tu quello sul tavolo."

"No," ringhiò guardando l'ufficiale medico dietro di me. "L'abbinamento è stato fatto? O devo mandare Dax, il Signore della Guerra, a casa con il primo teletrasporto?"

Battei gli occhi un paio di volte, cercando di ricordare cosa diavolo mi fosse appena successo. Non riuscivo a ricordare molto a parte il piagnucolare eccitato di una donna e l'estasi di seppellire il mio cazzo a fondo in una calda e umida...

"È finita. L'abbinamento è stato eseguito." La voce veniva da dietro di me, e non mi servì girare la testa per sapere che si trattava dello stesso ufficiale medico che prima mi aveva irritato parlando troppo. Ma questa volta mi serviva una spiegazione.

"Siete sicuri che i test siano stati completati?" tuonai. "Non ricordo nulla."

Non era successo niente, eccetto il fatto che ora avevo dei vaghi ricordi in fondo alla mente e un cazzo dolorosamente duro che cercava di evadere dai miei pantaloni corazzati. Ero stato portato direttamente dal campo di battaglia all'unità medica, e il rivestimento duro della mia armatura rendeva l'erezione incredibilmente dolorosa. Con le mani bloccate non potevo nemmeno spostarmi il cazzo in una posizione meno scomoda.

L'ufficiale medico fece un passo verso di me, dove potevo vederlo. La sua voce suonava vagamente annoiata e monotona. "È stato messo in una stato di trance. Ricorda qualcosa?"

"Non molto. Ombre. I ricordi sono vaghi." Chiusi gli occhi. Mi ricordai che tenevo una donna, le sue urla di piacere, i potenti colpi del mio bacino e la bestia che si prendeva ciò che era suo.

"Ombre? Per questo hai il cazzo più duro della mia pistola a ioni?" commentò il comandante.

"Molti maschi non ricordano molto del processo di preparazione. I loro alti livelli di aggressività durante l'accoppiamento rituale tendono ad annebbiare l'esperienza."

Provai a elaborare quello che non aveva detto. "E le donne? Anche loro sperimentano lo stesso processo?"

Annuì entusiasta, mentre rimuoveva un sensore dalla mia tempia. "Oh, sì. Ma le spose tendono a ricordare tutto." Si schiarì la gola. "Fino al più piccolo dettaglio sensoriale."

Il Comandante Deek rise. "Quindi, i maschi si accoppiano e se ne vanno e le femmine ricordano ogni dettaglio per sempre in modo da poterlo poi usare contro di noi?" Mi diede una pacca sulla spalla, forte. "Sembra piuttosto appropriato per una compagna."

"È un risultato della valutazione," commentò l'uomo, "non un giudizio sulle femmine in generale."

Chiusi gli occhi e sospirai, ignorando la lussuria pulsante del mio cazzo. Se avessi visto la mia compagna in quel momento e saputo che era mia sarei balzato giù dal tavolo, le avrei strappato i vestiti di dosso e l'avrei impalata tenendola in trappola sotto di me sul pavimento duro fino a farle avere tanti orgasmi da implorarmi di smettere.

Mi immaginai il suo culo nudo e perfetto, la sua figa luccicante dei miei umori, mentre si allontanava da me con le morbide e rotonde cosce che contrastavano con il verde scuro del pavimento dell'unità medica. L'avrai fatta strisciare per un po', le avrei fatto pensare di aver finito con lei, e poi l'avrei afferrata, girata pancia all'aria e scopata di nuovo, con le sue gambe sulle mie spalle e il mio pollice sul suo clitoride mentre le facevo cantilenare il mio nome. A chiunque non fosse venuto da Atlan sarebbe sembrato barbaro, ma noi di Atlan diamo alle nostre compagne ciò di cui hanno bisogno, e loro hanno bisogno di sapere a chi appartengono.

Il cazzo mi pulsava ed io rantolavo, ansioso di trovarla, di scoparla. Ora che sapevo che era là fuori pronta per me, la bestia spingeva più forte per essere libera, per prendere ciò che era suo.

Ero più vicino al limite di quanto credessi. Con un solenne atto di volontà ripresi il controllo della mia brama e mi concentrai sulla conversazione attorno a me; l'ufficiale medico stava parlando al Comandante Deek.

"...spesso è un segno di... compatibilità prima dell'inizio del trasporto della sposa."

"Proceda con il teletrasporto allora," ringhiai. "Sono pronto."

L'assistente del dottore fece un balzo e andò a lavorare allo schermo vicino ai miei piedi, con lo sguardo che passava febbricitante da un oggetto all'altro, mentre le sue dita volavano sopra i controlli. "Oh, uhm... sì. Bene."

Sollevai la testa e lo guardai. Era un guerriero robusto, non delle dimensioni di un combattente atlaniano o prilloniano, ma nemmeno troppo piccolo. Era stato troppo loquace, com'erano soliti quasi tutti i medici, ma ora non parlava più: era turbato da qualcosa. Ed io ero lì, legato a quel tavolo e straziato tra il bisogno di scopare la mia compagna e quello di fare a pezzi un altro soldato dell'Alveare, mentre lui manovrava i controlli come se non lo avesse mai fatto prima. La sua inettitudine non mi rendeva facile mantenere il controllo.

"Fatemi chiamare la dottoressa." L'uomo sparì prima che

potessimo fargli qualsiasi domanda. Dopo pochi secondi
tornò con la piccola dottoressa, le sue curve voluttuose enfa-
tizzate dal verde scuro standard che indossava, in contrasto
con il grigio dell'assistente. Ero troppo al limite per rispet-
tare le sue conoscenze o la sua esperienza, o il fatto che
probabilmente mi era superiore di grado. Vedevo solo una
donna che aveva bisogno di scopare.

"Sono la Dottoressa Rone. Mi hanno appena detto che,
sebbene il suo abbinamento sia stato effettuato, c'è stata una
leggera complicazione."

Le mani mi si strinsero in un pugno e lottai contro le
strette cinghie, mentre la bestia dentro di me si infuriava,
scontenta della notizia. "Qual è la complicazione?" Avevo la
voce dura e spezzata.

La dottoressa si schiarì la gola e guardò in basso verso il
flusso di dati sul tablet che portava. "Dax, Signore della
Guerra, la sua compagna assegnata è una donna umana di
un pianeta chiamato Terra. Il suo nome è Sarah Mills. Ha
ventisette anni di età, è fertile e soddisfa tutti i requisiti del
centro di smistamento spose della coalizione, eccetto uno."

*Sarah Mills.* Sarah Mills era mia. Guardai il retro del
tablet, ansioso di vedere la mia compagna. "Vorrei vedere
che aspetto ha."

La dottoressa alzò le spalle, come se per lei non facesse
differenza, e mi mostrò il tablet, facendomi vedere la
bellezza dai capelli scuri che guardava dallo schermo. Era
splendida ed elegante, con linee delicate, sopracciglia
arcuate e una mascella più raffinata di quelle delle femmine
di Atlan. I suoi capelli lunghi e scuri s'incurvavano in onde e
scendevano fino a poco sotto le spalle. La sua bocca rosa
sembra ben matura per baciare... o scopare. Il mio cazzo
duro ebbe un fremito, mentre la immaginavo prendermi in

bocca. Per poco non venni lì sul tavolo dell'esame. La vista dei suoi occhi scuri e intensi rese la mia febbre ancora più difficile da controllare. Lei era mia, e la volevo subito. Fottutamente subito. "Dove si trova?"

La dottoressa distolse lo sguardo e fece un passo indietro, tenendo protettivamente il tablet contro la sua vita e cercando il permesso del Comandante Deek per parlare.

*Che cazzo era successo alla mia compagna?*

"Dove. Si. Trova?" Urlai la domanda e tutti gli occhi si voltarono incuriositi verso di noi. Mi irrigidii quando il dottore prilloniano inizio ad avvicinarsi, preparandomi a combattere per la fuga, se necessario. La piccola dottoressa lo fece fermare con un gesto delle mani, apparentemente sicura che non avrei causato problemi, anche se ero pronto a devastare tutta la nave se non mi avesse risposto.

Il Comandante Deek si strofinò gli occhi e scosse la testa. Sapevamo entrambi che non sarebbe finita bene. "Farebbe meglio a dirglielo e basta, dottoressa."

La dottoressa restò composta, cosa notevole visto che la mia rabbia e la mia frustrazione stavano facendo partire allarmi su tutta la parete con le attrezzature per il monitoraggio biologico. "Temo sia stata riassegnata... a un'unità di combattimento."

# 3

*D* *ax*

"RIASSEGNATA?" Cosa? Come poteva una compagna prescelta diventare qualcos'altro? I protocolli di abbinamento erano precisi ed erano stati una routine per centinaia di anni. Una volta effettuato un abbinamento era impossibile modificarlo, a meno che la femmina non avesse trovato il suo compagno inaccettabile e non ne avesse richiesto un altro. Anche in quel caso il profilo psicologico utilizzato avrebbe garantito che la sposa fosse assegnata a un compagno dello stesso pianeta.

"Com'è possibile?" chiese il Comandante Deek.

"L'abbinamento è avvenuto con una donna della Terra." La dottoressa rilesse i dati sul suo tablet e ci passò sopra le dita più volte prima di guardarmi di nuovo.

"Quando è stata preparata per l'abbinamento tu non eri nel sistema. E poiché la Terra ammette donne nelle posizioni di combattimento lei si è offerta per essere assegnata a un'unità di combattimento attiva."

"Cosa significa, esattamente?" Avevo paura di conoscere già la risposta e riuscivo a sentire la mia rabbia crescere. Quali idioti avrebbero permesso alle proprio deboli, tenere donne indifese di combattere? "Dov'è lei?"

Gli occhi della dottoressa si riempirono di compassione e la bestia si irritò ancora. "È nel Settore 437, al comando della sua unità di ricognizione assegnata al Battaglione Karter."

"La mia *compagna* mi ha rifiutato per andare in prima linea e combattere l'Alveare?"

Il mio impeto scosse la sedia sotto di me, e se non mi fossi calmato subito avrei ridotto in macerie l'intera unità medica e sarei stato a un passo dall'esecuzione. Il Settore 437 era noto come una zona calda per le attività dell'Alveare, e lo era stato per gli ultimi diciotto mesi. Ciò significava che ogni secondo che passavo su quella dannata sedia la mia compagna era in pericolo. Le cinghie non aiutavano la bestia ad essere razionale. Mi aspettavo che la mia compagno fosse riassegnata a un'unità strategica, o magari a una delle navi di guardia che accompagnavano le navi civili in zone di volo relativamente sicure. Non nel pieno dei combattimenti ad affrontare faccia a faccia il nemico! Non in uno dei settori più pericolosi di tutto il fronte della coalizione.

Più calmo, ripetei la domanda con tono più basso. "Mi ha rifiutato?"

Come osava un'aliena della Terra rifiutarmi e andare a rischiare la vita? Non sapeva di essere abbinata a un signore della guerra di Atlan? Essere mia sarebbe stato un onore per cui avrebbero lottato molte femmine atlaniane. Eppure, questa donna terrestre mi rifiutava?

"Non ti ha rifiutato personalmente. Non sapeva chi fosse il suo compagno. Infatti, è stata assegnata diversi mesi fa. C'è stata della confusione dal lato del centro di smistamento sulla Terra. È venuto fuori che non aveva mai dato il suo consenso per diventare una sposa, per cui le è stato permesso di abbandonare il programma e venire trasferita tra i combattenti della coalizione."

Vidi rosso. La rabbia mi infuriava nel sangue. Mi agitai lanciando un urlo che mi squarciò i polmoni, mentre strappavo con facilità le cinghie che mi trattenevano. La dottoressa e il suo assistente fecero un balzo all'indietro e il caos si diffuse tra tutti nella stanza.

"Diamine, Dax. Devi calmarti. Calmati!" urlò il Comandante Dax.

Mi alzai, strappai i cavi che avevo ancora collegati alle tempie e strinsi i pugni. Avevo il fiatone, come se avessi combattuto un'intera brigata dell'Alveare.

"Trovate un'altra compagna." Disse il Comandante Deek con la mano protesa verso di me; le sue dimensione e il rispetto che avevo per lui erano le uniche due cose che mi fecero mantenere il controllo, mentre la dottoressa scuoteva la testa.

"Non posso. Non funziona in questo modo. Non so perché non sia stata rimossa dal sistema al momento del trasferimento al gruppo di combattimento. Non faccio parte dell'unità di smistamento spose. Non ho l'autorità o l'abilità per cancellare un abbinamento o riassegnare una sposa. Qui riceviamo le spose e basta; non le assegniamo. Dovrò fare richiesta di un'investigazione formale degli eventi che hanno creato questa complicazione durante la sua assegnazione sulla Terra."

La dottoressa incrociò le braccia e mi guardò, come se vedere un guerriero atlaniano in preda alla furia nella sua unità medica non fosse un evento insolito. Oppure la donna era fin troppo coraggiosa. Guardandola più da vicino, mi accorsi che la dottoressa non era poi tanto diversa dalla mia compagna.

"Assomiglia a lei. Alla mia compagna."

La dottoressa tese la mano. "Melissa Rone, di New York." Quando mi misi semplicemente a fissare la sua mano protesa, lei la riportò al suo fianco. "Vengo anche io dalla Terra. Il mio compagno primario è un capitano di Prillion."

Avrei voluto staccare la testa a ogni essere vivente nella stanza e lei mi offriva la sua mano? Era incosciente o stupida, questa femmina umana dai lunghi capelli scuri e dagli occhi neri, simili a quelli della mia compagna? "Conosce la mia compagna?"

"No. Vengo da New York, lei da Miami. Mio padre era coreano, mentre lei sembra avere lineamenti greci, o forse italiani. Comunque, siamo cresciute sullo stesso continente."

"Questo non significa niente per me."

"Gli trovi un'altra compagna. Non può aspettare due anni per la fine del suo servizio militare."

"Non ci sono altre compagne. Lei è l'unica compagna per lui. Il sistema non fornirà alternative compatibili a meno che lei non accetti l'abbinamento, faccia passare i trenta giorni di prova e poi richieda un nuovo compagno. Oppure, a meno che non venga eliminata dal sistema."

Eliminata voleva dire morta. Uccisa in combattimento.

La dottoressa sorrise e uno sguardo scaltro le si formò

negli occhi. "Ad ogni modo, se riuscirai a metterle le mani addosso, immagino che non vorrà lasciarti una volta passati i trenta giorni."

La immaginai condivisa dai suoi due guerrieri prillioniani, mentre pregava di essere presa, e ricambiai il sorriso. Forse una donna umana avrebbe potuto sapermi prendere, dopo tutto, ammesso che la mia compagna fosse un'aliena risoluta come questa. Dovevo trovare la mia compagna. Dovevo scoparla. La volevo subito, con un sorriso sfacciato sul volto e una figa bagnata pronta per me.

La dottoressa continuò: "Potrei ripetere i test altre mille volte, ma i risultati sarebbero identici. Il sistema fornirebbe esattamente lo stesso risultato. Lei è la tua unica compagna."

La mano del comandante mi trattenne dallo sfasciare tutto. "Dottoressa Rone, questo atlaniano è ovviamente in preda alla febbre da accoppiamento e non ha il tempo per viaggiare sul pianeta natio per trovare un'alternativa."

Il mio corpo vibrava per il bisogno di distruggere qualcosa, di prendere a pugni qualcosa, e la dottoressa mi stava studiando con un'intensità e un'intelligenza nei suoi occhi che io trovavo sconcertanti, come se potesse vedermi dentro l'anima. Il Comandante Deek continuò, mentre lei rimaneva silenziosa.

"Ha bisogno della sua compagna per placare la febbre e la sua evidente intensità. Trasportatelo immediatamente da qualche altra parte. Deve rivendicarla, altrimenti morirà."

La dottoressa guardò me, poi il comandante. "È contro i protocolli trasportare presso un altro gruppo di battaglia un guerriero atlaniano in preda alla febbre. Potresti spazzare via un intero squadrone prima che ti uccidano."

Ringhiai dentro e feci un passo verso di lei. "Mi trasporti

subito da lei. Lei è *mia*."

La dottoressa fece una risatina. "No, non lo è. Appartiene al Battaglione Karter per i prossimi..." guardò rapidamente sul suo tablet e poi tornò a fissarmi, "ventuno mesi."

Il Comandante Deek si mise davanti a me e mi spinse indietro, una volta, poi due. Era grande quanto me, gigantesco in confronto alla dottoressa. Era anche uno dei pochi a cui avrei lasciato spingermi senza ucciderli, specialmente ora che lottavo con la rabbia assassina suscitata dal sapere che la mia compagna era in pericolo.

"C'è un'alternativa, un cavillo che potresti sfruttare per reclamarla."

Sbraitò alla donna da sopra la spalla. "La smetta di torturarlo e gli dica cosa fare."

Lei annuì. "Non mi fanno paura i grossi maschi che ringhiano, Comandante Deek." Alzò un sopracciglio come per aggiungere enfasi, prima di alleviare il mio tormento. "Secondo le regole della coalizione, se lei accetta di diventare la tua compagna, può richiedere di essere trasferita immediatamente al programma spose. Sarà sollevata da tutti i suoi obblighi militari."

Finalmente la femmina diceva qualcosa di sensato. La mia febbre da accoppiamento poteva essere sfruttata per terminare il mio servizio militare, se avessi scelto di seguire la tradizione atlaniana. Per la mia compagna, offrirsi volontaria per il programma spose avrebbe sortito lo stesso effetto.

"Bene. Mi mandi da lei. Subito."

Non ero contento di come gli eventi erano evoluti, ma potevo sempre reclamare la mia compagna. Per come mi sentivo, non sarebbe stato difficile viaggiare fino al suo settore e uccidere qualche soldato dell'Alveare mentre recuperavo la mia compagna. Poi l'avrei punita per essersi messa in pericolo.

"Ha le sue coordinate esatte?" chiesi fissando la dottoressa da sopra le spalle del comandante. Mi chiesi se mi avrebbe mentito, e fui lieto quando non lo fece.

"Ce le ho."

Tutti i cittadini della coalizione erano costantemente tracciati.

"Mi trasporti lì. Ora."

"Avrai bisogno dei bracciali." L'assistente arrivò e mi porse i bracciali, poi cambiò idea e li diede alla dottoressa, prima di allontanarsi in tutta fretta. Erano i bracciali dell'unione, l'ultima cosa che avrei voluto indossare. Oltre ad essere un segno esteriore – e lampante – che un Atlaniano era stato abbinato, aiutavano i maschi di Atlan a creare un legame con la propria compagna assicurandosi uno stretto contatto con essa. Una volta messi i bracciali ai suoi polsi, non avrebbe potuto allontanarsi da me per più di un centinaio di passi, fino a che la febbre non fosse cessata.

Appena un'ora prima avrei maledetto quegli stupidi affari, per nulla interessato ad avere una compagna o essere controllato in alcun modo dalla tecnologia presente nei bracciali. Ora tutto era cambiato. Mi avevano fatto qualcosa mentre dormivo? Perché ora avevo un bisogno disperato di trovare quella femmina che era stata abbinata a me, toglierla dal pericolo, farle un culo così rosso da farle capire chi era il responsabile della sua sicurezza... e di tante altre cose?

Mi allungai per prendere i bracciali e mettermeli addosso. Erano una spessa fascia fatta dell'oro delle più profonde miniere di Atlan, e avevano una sottile striscia di sensori all'interno che rimanevano a contatto col mio corpo.

Monitoravano costantemente la mia salute fisica e fornivano un mezzo di comunicazione con i sistemi atlaniani necessari per il trasporto, lo scambio di merci, il trasferimento di titoli e ogni altro aspetto della vita di coppia, qualora avessi scelto di tenerli dopo che la febbre fosse stata alleviata. Ancora più importante, offrivano una qualche sorta di sollievo dalla febbre, perché mettermeli ai polsi era una prova che avevo scelto una femmina. Probabilmente ero l'unico Atlaniano della storia del nostro mondo a dover dare la caccia alla propria compagna, la quale stava combattendo l'Alveare in prima linea.

Sarebbe stata una leggenda prima ancora che fossimo tornati a casa. Le nostre femmine non combattevano. Mai.

La cosa mi fece pensare. A che tipo di femmina mi stavo per legare? L'idea di un sposa guerriera avrebbe dovuto essere imbarazzante; invece la immaginavo nel pieno di una battaglia con il fuoco negli occhi, che lanciava un urlo di rabbia femminile simile a quello di piacere che le avrei fatto lanciare mentre avrebbe cavalcato il mio cazzo. Volevo quel fuoco impavido e quella furia diretti a me, così che avrei potuto tenerla giù e farla scalciare e contorcersi, mentre pregava di essere liberata.

*Merda*. Il mio cazzo era duro come una roccia e per niente comodo, compresso dentro l'armatura.

Chiusi un bracciale attorno al mio polso sinistro, poi al destro e feci scattare il sigillo. L'abbinamento era stato fatto, la compagna identificata. Non si tornava indietro. Avrei combattuto fino allo stremo, per poi portare la mia compagna a casa. Sarei invecchiato e ingrassato su Atlan con una donna bella e ben scopata al mio fianco. Sentivo la stretta dei bracciali, il peso e lo scopo della mia decisione, e lasciai che mi si sistemassero sulle spalle come un mantello.

Feci un respiro profondo, poi un altro e alla fine grugnii una volta assicurati i bracciali.

La dottoressa mi porse un altro paio di bracciali più piccoli per la mia sposa ed io li agganciai alla cintura che avevo in vita. Li avrebbe indossati e sarebbe stata sollevata immediatamente dal servizio militare. Per il suo comandante, sarebbe stato un evidente segno del suo status di sposa, un simbolo della sua appartenenza a me. Sebbene prenderla con me e basta non avrebbe costituito un legame permanente – solo scoparla con la bestia interiore libera e con i bracciali sui polsi di entrambi lo avrebbe fatto – la consapevolezza che mi stesse aspettando, che avesse bisogno di me, che in questo preciso istante potesse trovarsi sotto il fuoco nemico, mi facevano fremere per rivendicarla.

"Inviatemi subito, prima che faccia a pezzi questa nave."

La mia compagna, in quanto combattente, era in costante pericolo. Mi avvicinai al sistema di teletrasporto all'angolo estremo dell'unità medica e feci scattare il collo da lato a lato, aspettando che gli addetti al trasporto comunicassero le coordinate con il sistema principale. Normalmente, solo masse biologiche potevano essere teletrasportate, ma quando si trattava del fronte, tutto ciò che riguardava la sicurezza poteva andare. Armi e armature incluse. Tastai la pistola a ioni che avevo sul fianco e controllai il coltello sull'altro. Tutto a posto.

"Buona fortuna, Dax."

"Tornerò." Incontrai lo sguardo sorpreso del Comandante Deek e poi feci un cenno con la testa in direzione della dottoressa. "Non vedo motivo di tornare a casa. Una volta messa in sicurezza la mia compagna e placata la febbre tornerò sulla Nave da Guerra Brekk con lei e continuerò a combattere, come fanno i guerrieri di Prillion."

Una femmina atlaniana non avrebbe mai accettato una vita del genere, una vita circondata dalla guerra, ma io non ero pronto per smettere di combattere l'Alveare, e la mia compagna non avrebbe avuto scelta. Sarebbe stata riassegnata per prendersi cura dei bambini o per svolgere qualche altro compito non pericoloso assieme alle altre donne del battaglione. Ed io? Io l'avrei scopata tutte le notti e avrei ucciso soldati dell'Alveare tutti i giorni. Sarebbe stato perfetto, non appena l'avrei trovata e scopata fino alla sottomissione, e non avrei scacciato la febbre che mi faceva ribollire il sangue.

———

*Sarah Mills, Settore 437, Unità di Ricognizione 7 – Recupero Nave Cargo 927-4 dalle squadre di perlustratori dell'Alveare*

GUARDAI attraverso il mirino del mio fucile a ioni e vidi nove perlustratori dell'Alveare muoversi attorno al magazzino con precisione robotica. L'Alveare aveva iniziato l'invasione e preso il controllo della nave cargo della coalizione due ore prima, e la chiamata d'emergenza dell'equipaggio mi risuonava ancora in mente come un disco rotto. Il pilota della piccola nave era morto urlando, mentre io lo ascoltavo nella sala di debriefing. Tutti e otto i soldati della coalizione assegnati a questa piccola nave cargo erano morti o erano stati trasportati su di una stazione di integrazione di un avamposto dell'Alveare. Non avremmo potuto salvarli, ma potevamo evitare che l'Alveare si appropriasse dei depositi di armi e delle materie prime contenute nella stiva.

Sollevando gli occhi dal mirino della pistola a ioni mi

concentrai sul ponte superiore del magazzino. Facendo un segno con le dita feci dividere la mia squadra in tre per muoverci silenziosamente lungo il perimetro, in modo da poterli circondare dall'alto ed eliminarli come mosche. Lo avevamo già fatto una dozzina di volte nell'ultimo mese, per cui tutta l'unità si mosse come fantasmi lungo il sartiame superiore della sala, con le armi pronte a scattare.

Ci era voluto un mese di addestramento a induzione per prepararsi a combattere l'Alveare. Tutte le reclute della coalizione mandate dalla Terra ai battaglioni dovevano avere una passata esperienza militare – sulla Terra. Non importava per quale nazione una persona avesse combattuto, importava solo che avesse un massiccio addestramento nelle abilità tattiche, fisiche e di altro tipo necessarie a combattere l'Alveare. Non c'erano casalinghe o impiegati dell'autolavaggio nella flotta della coalizione. La cosa mi rassicurava, perché ero stata nell'esercito per otto anni. Non ci tenevo a ricevere una pallottola nelle chiappe da una recluta. E nemmeno a venire uccisa perché un qualche ragazzino senza esperienza se ne andava nel panico alla vista dei soldati cyborg.

L'Alveare faceva sembrare i vecchi film di *Terminator* dei film di fantascienza di serie B degli anni 50. Quei cyborg erano lenti a reagire e più macchine che umani.

Quelli dell'Alveare erano molto peggio; erano aerodinamici e veloci, e non indossavano ingombranti placche di metallo andandosene in giro sulla luna in pesanti stivali di ferro. No, erano veloci, molto intelligenti e, se avessero avuto abiti civili addosso, avrebbero potuto essere scambiati per entità biologiche, non fosse stato per la tonalità argentea della loro pelle e dei loro occhi.

I cyborg dell'Alveare creati a partire da guerrieri prillioniani catturati erano i peggiori che avessi mai visto: grossi, perfidi e quasi impossibili da uccidere se non sparandoli svariate volte.

Ma dalla nostra parte avevamo anche noi quei giganteschi figli di puttana di Prillion. Grazie a Dio.

Guardai silenziosamente l'Unità di Ricognizione 4, quella di mio fratello Seth, che si intrufolava di soppiatto lungo il perimetro del livello inferiore, posizionandoci in modo speculare in modo da assicurarci che nessuno dell'Alveare potesse scappare attraverso i corridoi inferiori una volta iniziato l'attacco. Riconobbi facilmente i movimenti di mio fratello, nonostante l'armatura lo nascondesse. Era da quando avevamo iniziato a camminare che io e lui ci intrufolavamo nei boschi, e guardai con il cuore in gola mentre si avvicinava troppo a uno dell'Alveare che sembrava stesse scannerizzando l'inventario.

Seth si fermò, confondendosi nell'ombra dietro il perlustratore, ed io emisi un sospiro di sollievo che avevo trattenuto nei polmoni.

Mi ci erano volute otto settimane per trovare mio fratello. Un mese lo avevo passato addestrandomi, ricevendo incarichi sulla base delle nostre precedenti esperienze militari. I soldati terrestri venivano mandati su navi sparse in tutta la galassia per combattere l'Alveare. Per me non era stato un problema, visto che al servizio militare si aggiungevano i diciotto anni di *addestramento* ricevuto dai miei fratelli e da mio padre nelle paludi della Florida. Mi avevano insegnato la difesa personale e altre abilità che non avevo mai considerato utili – non fino a che non mi trovai ad affrontare l'Alveare. Sparavo meglio di tanti altri. Lottavo più ferocemente degli altri. Diamine, sapevo persino pilotare meglio degli altri. Tuttavia, venivo costantemente sottovalutata sia dalle truppe della coalizione che dall'Alveare. Essendo l'unica donna nella mia unità, gli uomini pensavano che avrei strisciato e pianto per la paura, ma ero stata più che coraggiosa.

Quando finalmente raggiunsi le prime linee – quattro settimane fa? – tre dei miei compagni avevano avuto un esaurimento nervoso e dovettero essere rimandati a casa prima del nostro primo combattimento. Affrontare l'Alveare non aveva *niente* a che fare con quello che avevamo fatto sulla Terra, e sei reclute della mia prima unità erano state uccise alla prime schermaglia. Metà squadra. Morta.

Ora nessuno dei miei uomini mi metteva in discussione, non solo perché avevo salvato gli altri cinque da sola, grazie alle mie abilità di tiro, ma perché eravamo riusciti a salvare una nave cargo da dodici perlustratori dell'Alveare e avevo riportato la squadra a casa. Be', ciò che ne restava. Le mie strategie di analisi e di battaglia mi avevano fatto notare dagli ufficiali al comando. Ero stata promossa al mio secondo giorno ed ora ero al comando di una mia squadra, così come lo era mio fratello. Unità 7 e Unità 4. Sarah e Seth. Cercavamo di ricevere incarichi insieme, soprattutto perché volevamo tenerci d'occhio l'un l'altra.

Alzai in aria il pugno ricoperto dal guanto nero mentre l'ultimo dei miei uomini avanzava. Quando aprii il pugno iniziai il conto alla rovescia da cinque che avrebbe indicato l'inizio dell'attacco. Se tutto fosse andato bene, sarebbe finita in meno di un minuto.

Se così non fosse stato – be', preferivo non pensarci.

Anche Seth alzò il pugno per la sua squadra, la quale era fuori dal mio campo visivo.

Eravamo pronti.

I piccoli squadroni come il nostro erano composti quasi

del tutto da umani della Terra. Eravamo piccoli, esperti e in grado di infilarci negli spazi stretti in cui i guerrieri di Prillion, di Atlan, e di altri pianeti non avrebbero potuto. Noi umani eravamo anche più fragili, e non in grado di sopravvivere ai combattimenti di terra sui terreni dei pianeti più ostili. Ero più che felice di intrufolarmi in ambienti angusti per uccidere quelli dell'Alveare, piuttosto che dover fronteggiare in campo aperto giganti alti fino a due metri e mezzo.

No, gli umani erano assegnati soprattutto alle unità di ricognizione. Piccole forze strategiche inserite in zone ad alto rischio in prossimità delle battaglie, dove potevamo mescolarci con altre unità per formare un gruppo più grande, in genere dietro le linee nemiche, oppure, come in missioni come questa, dove insinuarci di soppiatto e riprenderci ciò che era nostro.

Gli occhi di mio fratello incontrarono i miei e lui mi regalò un ampio sorriso. Il cuore mi si strinse nel petto per il dolore. Mi era mancato. I suoi capelli scuri, della stessa tonalità dei miei, erano tagliati corti, in stile militare. Sebbene io avessi ereditato l'altezza di mio padre, Seth era più alto di me di mezza testa. Sembrava in forma, ben riposato. Nonostante la tensione della battaglia sul suo viso e la costante consapevolezza dell'ambiente circostante affinata dal servizio militare, sembrava esattamente lo stesso del giorno in cui si era offerto volontario assieme a Chris e John.

Lo avevo trovato. Ce l'avevo fatta. Avevo rispettato la promessa fatta a mio padre sul suo letto di morte e avevo trovato Seth. Anche se non potevo riportarlo sulla Terra – dovevamo entrambi finire il tempo rimasto presso il servizio militare – potevo stare accanto a lui, e persino combattere al suo fianco come stavo facendo oggi.

Una forte esplosione risuonò sopra le nostre teste ed io

mi misi a terra guardando i tre soldati nascosti assieme a me per capire se sapessero cosa stava succedendo. Loro ricambiarono il mio sguardo con un'espressione vuota e sconvolta, ma mantennero il silenzio radio.

Cosa diavolo era stato?

Quelli dell'Alveare stavano correndo e c'erano degli spari di sotto. Il silenzio radio fu rotto, quando Seth ordinò: "Fuoco! Fuoco!"

Il sibilare delle pistole a ioni riempì l'aria, assieme alle urla di dolore di alcuni dei nostri uomini che venivano abbattuti. Lo schermo all'interno del mio elmetto indicò che due dei miei uomini erano a terra.

*Merda. Merda. Merda!* Si stava scatenando l'inferno.

"Mitchell e Banks sono a terra sulla sinistra. Voi due, andate sul fianco sinistro." Indicai la direzione in cui volevo che andassero i miei due soldati. "Tirateli fuori di lì."

Loro si mossero e io tornai da Richards, il mio braccio destro. "Vai verso la destra, ma non iniziare a sparare finché non ti do fuoco di copertura. Scopri cosa diavolo ci è piovuto addosso."

"Sì, signore."

Richards scattò in una corsa da accucciato ed io alzai la testa oltre il parapetto per provare a capire cosa stesse succedendo.

"Rapporto. Tutti quanti. Parlatemi. Che diavolo sta succedendo?" Controllai le mie armi mentre la squadra si attivava. C'era stato un trasporto non autorizzato.

"Seth?"

La voce di mio fratello mi arrivò distinta. "Qualche grosso figlio di puttana ci è piombato sopra senza preavviso. Credo che sia uno dei nostri, ma ha allertato l'Alveare ed ora abbiamo sei perlustratori in più là sotto. Ho tre uomini a terra a ore tre."

Sbirciai sopra il parapetto, più che furiosa per il fatto che la coalizione avesse trasportato qui qualcuno senza avvisarci. Mio fratello aveva ragione, era *enorme*. E completamente pazzo. Lo guardai mentre staccava la testa a mani nude al perlustratore dell'Alveare più vicino a lui, ignorando completamente le esplosioni di ioni delle piccole armi dell'Alveare.

*Porca puttana*. Non avevo mai visto *niente* del genere.

L'urlo del gigante riecheggiò come un colpo di cannone nella piccola sala ed io trasalii.

"Almeno sembra essere dalla nostra parte." Quella voce sarcastica era davvero la mia? Avevo appena guardato un alieno gigante staccare la testa a un altro alieno a mani nude e mi mettevo a fare battute? Mio padre ne sarebbe stato dannatamente fiero.

"Ricevuto." Anche Seth sembrava divertito. "È un Atlaniano."

Wow. Ne avevo sentito parlare, ma non ne avevo mai visto uno in azione. In genere erano truppe di terra, enormi, forti, veloci e killer brutalmente efficienti. Con quel gigante dalla nostra parte era il momento di cambiare tattiche. "Unità 7, sparate per uccidere, ma cercate di non colpire il gigante. Finiamola qui."

"Sì, signore."

Il fuoco delle pistole a ioni era così potente che riuscivo appena a vedere cosa stava succedendo, mentre mi alzavo dalla mia posizione e aprivo il fuoco. Feci fuori due perlustratori, il gigante, altri tre e il resto della squadra si occupò di quelli rimasti. Indossavamo tutti l'equipaggiamento tattico – un'armatura leggera nera e marrone che ci avrebbe protetti da esplosioni di ioni di piccola entità. Non era bella, ma la vedevo come una specie di mimetica spaziale. I nostri elmetti filtravano l'aria e ci fornivano livelli costanti di ossigeno e pressione ottimizzati per la nostra specie. Le nostre pistole a ioni erano leggere e computerizzate, e l'armatura metallica avrebbe potuto deviare un'esplosione. Attaccate alle cosce c'erano due cose che non avremmo mai potuto lasciare: una lama – per il combattimento ravvicinato – e una siringa piena di una dose letale di veleno.

La siringa era una scelta offerta a tutti i soldati offertisi volontari dalla Terra. Il siero per il suicidio era un'opzione che sia Seth che io eravamo lieti di avere a disposizione. Avevo visto cosa succedeva ai soldati catturati dall'Alveare, e la morte era sicuramente preferibile a venire trasformati in qualcosa di tutt'altro che umano. Non sapevo se anche gli altri mondi offrissero quella possibilità ai propri guerrieri, e non m'importava. Nessuno voleva essere preso vivo all'Alveare. Mi avevano detto che la siringa era piena del veleno più letale che la coalizione conoscesse. Non c'era un antidoto, e la morte era sicura entro pochi secondi.

Tutto era meglio che non diventare uno di quegli automi dagli occhi d'argento. Una cosa che imparammo presto fu che quelli dell'Alveare non avevano senso dell'umorismo. Raramente uccidevano. Preferivano prendere prigionieri e portarli ai loro centri di integrazione, dove gli avrebbero impiantato la tecnologia dell'Alveare fino a che non avrebbero più avuto il controllo dei propri corpi. Sarebbero diventati tutt'uno con l'Alveare. Dei droni. Per qualsiasi scopo, un computer che cammina e che esegue gli ordine della mente dell'Alveare.

Quelli dell'Alveare erano combattenti senza pietà, e dovevamo concentrarci su questo. Fare il nostro lavoro –

rimuovere l'Alveare da questa nave cargo e levare le tende, trasportati alla base, con una cena calda e una bella dormita prima della prossima missione. Vivere per combattere un altro giorno. *Quello* era il nostro scopo.

Non solo dovevo tenere in vita i miei uomini, ma anche mio fratello.

Il suono delle esplosioni cessò, le fiammate delle armi si placarono. Per nostra fortuna la nave cargo era piena di provviste, in file e file di scatole allineate nel magazzino cavernoso che ci fornivano una buona protezione. Sfortunatamente, ciò significava che anche l'Alveare era ben protetto.

Avevamo intenzione di prenderli di sorpresa, facendoli radunare al centro e costringendoli in uno spazio sempre più stretto, come un anaconda che si stringe attorno alla preda. Ma il guerriero Atlaniano aveva rovinato i nostri piani, si era intrufolato alla festa, e non era stata una cosa buona. Furiosa, feci il punto della situazione. Avevo due uomini a terra, ma l'Alveare sembrava sconfitto.

"Unità 7, fate rapporto."

Ascoltai i miei uomini fare il punto.

"Il sei è a posto."

"Il tre è a posto. Due uomini a terra."

Sospirai, ma lasciai perdere. Capitava. I soldati morivano. Ci avrei pensato dopo, quando avrei dovuto mandare lettere alle loro famiglie mentre piangevo. *Dopo.* "Richards?"

"Il nove è a posto."

Attesi, aspettando di sentire Seth, che era a ore dodici sul ponte inferiore.

"Unità 4?"

Sentii la voce di Seth, forte e chiara. "Faresti meglio a venire quaggiù."

Ordinai ai miei uomini di restare al piano di sopra e corsi giù dalla rampa verso mio fratello. A farmi spalancare gli occhi non fu solo l'Alveare.

"Porca puttana," sussurrai.

Era quel... quel guerriero che si era trasportato. Indossava l'uniforme della coalizione, ma gli calzava addosso in un modo che mi fece spalancare la bocca. Non aveva l'elmetto, avevo il volto marcato, ma non nel modo in cui mi sarei aspettata da un alieno. Sembrava quasi un umano, ma molto più grande. Avrebbero potuto esserci esplosioni di ioni sopra la mia testa, ma non le avrei notate. Era decisamente alto – probabilmente oltre i due metri, scuro e attraente, dall'aspetto di un taglialegna. Un taglialegna sanguinario, in quanto era ricoperto dal sangue di quelli dell'Alveare, una pila di cadaveri decapitati ammucchiati ai suoi piedi come spazzatura. Non aveva nemmeno estratto l'arma dalla fondina. Le sue braccia dovevano essere grandi quanto le mie cosce, e non ero affatto esile. Il mio cuore perse un colpo e mi fece mancare il fiato come nemmeno una lotta con l'Alveare avrebbe potuto fare.

Se ne stava in piedi, alto e sicuro di sé, forse troppo sicuro, perché sembrava ignorare la distruzione attorno a sé e sembra stare cercando... qualcosa. O qualcuno. Anche da lontano lo potevo sentire ringhiare e riuscivo a vedere tutto il suo corpo tendersi come un arco, pronto a staccare la testa al prossimo idiota abbastanza stupido da attirare la sua attenzione. I suoi occhi scuri avevano un'intensità che non avevo mai visto prima. Sussultai quando si girò verso di me. Lo ignorai, pensando di non volermi fare staccare la testa. In realtà non volevo che tutta quell'intensità venisse indirizzata a me.

**4**

# Sarah

CON TUTTE LE esplosioni che zigzagavano nell'area durante la schermaglia avrebbe dovuto accucciarsi o estrarre almeno la pistola dal suo fianco, ma non lo aveva fatto. Scrutò a sinistra, a destra, e poi sentii un ronzio fin troppo familiare provenire dal lato.

Altri tre combattenti dell'Alveare si erano trasportati nella stanza a pochi passi da me e stavano per attaccare. Vedendo che uno di loro stava per spararmi, l'Atlaniano non batté ciglio. Giuro di averlo visto crescere di dimensione, gonfiandosi come un pallone. Era arrabbiato. Persino furioso, perché i tendini sul suo collo erano tesi verso l'esterno e la sua mascella serrata. Strinse gli occhi ed afferrò il guerrieri dell'Alveare strappandogli letteralmente la testa dal corpo, senza nemmeno prendere la sua pistola a ioni. Il sangue schizzava dappertutto, mentre lui scagliava il corpo contro i suoi compagni e si lanciava alla carica.

Avrei dovuto aiutarlo, ma rotolai a lato e mi misi in ginocchio, con il fucile pronto.

Troppo tardi, i tre erano già morti. Altri corpi ai suoi piedi, come sacrifici a un dio assetato di sangue.

Mi misi a fissarlo, sconvolta dal massacro. Due degli uomini di Seth vennero al mio fianco, fissandolo come me. Ero piuttosto sicura che nessuno di noi avesse mai visto niente di così brutale, sulla Terra o da qualsiasi altra parte. Non avevo idea del perché quell'alieno portasse un'arma. Quelle mani, quelle mani enormi, erano già armi. Sapevo che sulla Terra si diceva che qualcuno di veramente arrabbiato ti avrebbe staccato la testa, ma questa... questa era roba seria.

Seth mi ridacchiò nell'orecchio e uscì da dietro un container, mentre io rimanevo sulle ginocchia con il fucile puntato sull'alieno che ruggiva come un orso.

"Benvenuto alla nostra festicciola, atlaniano. Sono il Capitano Mills." Seth non sollevò l'arma, ma non la mise nemmeno via. Io continuavo a tenere la mia pronta, puntata alla testa del guerriero.

Il gigante grugnì e si raddrizzò in tutta la sua altezza, facendomi sbattere gli occhi. Forte. Le sue spalle erano massicce, il torace grande abbastanza da accogliere una ragazzona come me. Volevo *toccarlo*, e il desiderio era fastidioso. Quando il gigante parlò, la sua voce grave e tonante mi raggiunse nel profondo, facendomi inturgidire i capezzoli. Era sesso su un bastoncino di legno. Buon Dio, era l'uomo più attraente che avessi mai visto.

"Tu non sei il Capitano Sarah Mills."

Seth rise e a me saltò il cuore in gola. *Capitano Sarah Mills?* Quel guerriero sapeva chi ero?

Scegliendo di restare in silenzio, incrociai lo sguardo di mio fratello per una frazione di secondo e feci un cenno del capo affinché continuasse. "No, non sono io. È mia sorella, che ha avuto fortuna ai test attitudinali dell'esercito ed ha imparato a volare. Cosa vuoi dal Capitano Mills?"

Invece di rispondere, il guerriero strinse i pugni ai suoi fianchi come per mantenere il controllo. Attorno a me tutti i fucili erano pronti a sparare, mentre aspettavamo di vedere cosa avrebbe fatto l'atlaniano. "Lei non è qui?"

"Chi lo vuole sapere?" Seth sollevò il suo fucile a ioni per assicurarsi che l'atlaniano capisse come doversi comportare. "Non ti conosco, soldato. Ti sei trasportato nel bel mezzo di un'operazione ed hai messo a rischio due unità. Cinque soldati sono morti perché ci hai rovinato l'effetto sorpresa. Dalla posizione in cui mi trovo potrei tranquillamente spararti e poi ripulire il casino rimasto."

L'atlaniano si afflosciò un po', come infastidito da ciò che aveva detto mio fratello. "Mi dispiace per la vostra perdita. Non sapevamo che sarei stato trasportato in una zona di combattimento attiva. È stato un terribile errore."

"Perché sei qui?"

Strinsi la presa sul mio fucile in attesa della risposta.

"Sto cercando il Capitano Sarah Mills."

"Perché?"

"Perché è mia."

Nella mia testa si formò un "diamine, no" prima ancora di aver elaborato le sue parole. Con le sopracciglia inarcate mi alzai e misi giù il fucile. "Unità Sette, tenetelo d'occhio."

Un coro di assenso mi risuonò nell'orecchio, mentre abbassavo il fucile a ioni provando a decidere cosa fare. Il gigante si girò al suono della mia voce ed io mi tolsi l'elmetto, lasciandolo cadere sul pavimento. Sembrò come se stesse per venire verso di me, quindi alzai il fucile per fermarlo. "Non farlo."

"Tu sei Sarah Mills."

"Come fai a conoscermi? Non conosco nessun atlaniano." Incrociare il suo sguardo fu un grande errore, perché l'istantanea libido che avevo sentito guardandolo prima ritornò a tutta carica. Fui tentata di leccarmi le labbra per invogliarlo ad avvicinarsi, cosa alquanto stupida. Mentre lo fissavo con un'espressione vuota, uno strano formicolio iniziò a danzarmi sulla pelle del collo e del viso. Mi irrigidii e volsi lo sguardo a Seth. Spalancò gli occhi sentendo l'energia crescere.

"Fuoco in arrivo!" urlai, mentre mi tuffavo sul pavimento per evitare l'esplosione d'energia rilasciata al centro della stanza.

Al termine della deflagrazione, furono visibili tre soldati dell'Alveare in piedi esattamente nel punto da cui eravamo scappati.

L'atlaniano ruggì partendo alla carica. I miei uomini aprirono il fuoco dal ponte superiore con grande sorpresa di quelli dell'Alveare. I soldati non attaccarono, come temevo, ma si scambiarono un segno di assenso e sparirono – teletrasportati nel nulla – uno dopo l'altro.

L'ultimo, comunque, era a pochi centimetri da Seth. Afferrò mio fratello e si girò, sollevando Seth per aria per usarlo come scudo umano, mentre la sua pistola a ioni sferragliava cadendo ai suoi piedi.

*Seth!*

Alzai la pistola, ma non potevo sparare senza rischiare di colpire mio fratello. L'atlaniano li guardò e si bloccò a metà corsa. Tutto il mio addestramento mi impose di restare in posizione, con il mirino puntato in attesa di capire cosa avrebbe fatto il soldato dell'Alveare.

"Lascialo andare." Urlai al soldato dell'Alveare, ma lui mi ignorò, mantenendo lo sguardo sulla vera minaccia, il gigante atlaniano a pochi passi da lui.

Seth scalciò, cercando di raggiungere la siringa al suo fianco, e poi urlò a noialtri. "Fatelo! Fatelo fuori."

"No!" urlai mentre il soldato dell'Alveare si allontanava procedendo all'indietro con mio fratello davanti al torace come uno scudo.

La voce di Richards alle mie orecchie fu come la tentazione del diavolo. "Posso spargli, capitano." Era sopra di me, ed era un buon tiratore, ma non perfetto, sicuramente non un cecchino, e in gioco c'era la vita di mio fratello. Richards aveva un'area di tiro di circa dieci centimetri per colpire il soldato dell'Alveare e lasciare Seth incolume.

"No. Non ancora."

Il guerriero dell'Alveare, continuando a trattenere Seth, sollevò l'arma e la puntò contro l'atlaniano. Eravamo tutti paralizzati dagli occhi argentei e senz'anima del soldato dell'Alveare che ispezionavano la stanza. Prima che potessimo fare qualsiasi cosa, il soldato premette un pulsante sulla sua uniforme e... e sparì. Insieme a Seth.

Andati. Puf. Nel nulla. Sulla Terra non esisteva niente di simile al teletrasporto. Era roba da vecchi film della TV, non era reale. Solo chi combatteva per la coalizione poteva vederlo dal vivo. *Teletrasportami, Scotty.* Il mio primo teletrasporto era stato terrificante. Quella tecnologia doveva essere roba figa, e lo era stata, fino a quel momento. Ora mio fratello era stato teletrasportato chissà dove nell'Alveare. In qualche posto in cui trasformavano i combattenti della coalizione in macchine, sostituendone le parti del corpo con impianti sintetici, fino a che non rimaneva più nulla dell'individuo. Un secondo prima era lì, e quello dopo non c'era più.

A meno che mio fratello non avesse scelto la seconda opzione. Tutto d'un tratto il ricordo della sua mano che cercava l'iniettore sulla coscia mi attraversò la mente come un disco rotto. "Seth!" urlai.

Il folle Atlaniano – quello che aveva guastato la nostra operazione e fatto sì che l'Alveare prendesse mio fratello – girò la testa e mi guardò. Quegli occhi scuri si assottigliarono, così come le sue labbra carnose. Non accennava a distogliere lo sguardo, nemmeno con tutte le pistole a ioni nella stanza puntate verso di lui. Quando i nostri sguardi si incrociarono sentii qualcosa, qualcosa di primordiale, esplosivo e vitale.

Dannazione. Lui era... ed io mi sentivo... e... merda. Il mio cervello stava facendo cilecca. Il mio corpo ignorò qualsiasi nozione di sicurezza personale, mentre iniziavo a muovermi verso quell'uomo, pronta ad attaccare con tutte le forze rimastemi. Sollevai la pistola a ioni e avanzai fino ad avere l'estremità dell'arma premuta contro l'armatura del guerriero, proprio sul cuore. Mi misi a fissare quegli occhi e capii che non stava provando a fermarmi. Non mi aveva neppure toccata; al contrario, il suo sguardo oscuro si riempì di dolore mentre mi osservava.

I nostri sguardi erano in una morsa, e non riuscivo a premere il grilletto. Studiai la sua mascella pronunciata e la bocca carnosa, i suoi occhi scuri e i sottili capelli neri che gli scendevano fino al mento. Era davvero sbalorditivo per i sensi; la sua forza era enorme e sconvolgente. Persino con tutta la rabbia che avevo in corpo non riuscivo a premere il grilletto. La cattura di mio fratello non era stata colpa di questo guerriero, in realtà. Non era stata colpa di nessuno. Era la guerra. E la guerra faceva schifo.

"Capitano!" la voce di Richards mi fece uscire dalla trance e abbassai l'arma, senza voltare le spalle al guerriero.

"Tu mi aiuterai a salvare mio fratello."

Spalancò gli occhi sorpreso, ma annuì. "Hai la mia parola." Quella voce, quelle quattro parole, furono come una frana. Severe, rudi e profonde.

"Allarme cessato!" urlai, per segnalare che la zona era sicura. Era il momento di levare le tende.

L'Atlaniano mi guardò da vicino ma non si mosse. Dalla sua uniforme potevamo tutti capire che era nella coalizione, ma il modo in cui si era comportato, il sangue che gli copriva le mani? Costituiva una minaccia, ma il suo silenzio ci aiutò a mantenere la calma e a non ucciderlo.

"Voglio che quattro di voi rimangano qui e ci coprano le spalle. Tre soldati dell'Alveare si sono teletrasportati qui e hanno preso il Capitano Mills," dissi, in collera per il fatto che avessero potuto farlo e prendere Seth. *Lui* aveva lasciato che succedesse. "E tu."

Indicai il combattente solitario.

Il suo sguardo attraversò la stanza e poi incrociò il mio. C'era del calore nel modo in cui mi guardava, del desiderio. E la cosa mi faceva incazzare. Eravamo nel bel mezzo di una zona di guerra. Non potevo – né volevo – essere attratta da nessuno nel mezzo di una battaglia. Non ero smilza, ma il suo sguardo mi faceva sentire piccola e femminile. Femminile? Era roba da matti, perché avevo addosso solo l'armatura della coalizione. Le curve del mio seno erano ben nascoste dietro di essa. I miei fianchi erano camuffati sotto i pantaloni neri dell'armatura. Nessun altro mi aveva vista come una donna. Ero il loro capo, e quello era tutto.

Il fatto che mi avesse fatto pensare al sesso in quel momento mi fece irrigidire i muscoli, riempiendoli di rabbia.

"Chi diavolo sei e perché mi stai cercando?" Chiesi.

"Sono Dax, Signore della Guerra di Atlan, e sono il tuo compagno prescelto. Tu sei mia."

"Stai scherzando? È uno scherzo di quel topo? Non sono una sposa, Dax, Signore della Guerra di Atlan. Puoi andare a farti fottere." Alzai le mani per aria e feci un segnale alla squadra di Seth. Con Seth sparito, ora erano miei. Erano una mia responsabilità. "Quattro di voi state qui, all'erta. Impostate un blocco dei teletrasporti, così ci eviteremo altre sorprese."

"Sì, signore."

"Medici, mettete in sicurezza i feriti, fate tutto il possibile e poi fateli teletrasportare." Camminai verso la porta. "Tre di voi con me sul ponte. Richards, tu ai controlli di sistema. Voi della mia unità, andate insieme a qualcuno dell'Unità quattro e controllate gli altri ponti. Conoscete la procedura."

Entrambe le squadre si affrettarono a eseguire i miei ordini ed io ignorai il grosso alieno che si spostava accanto a me. Mi sentivo come un cocker spaniel accanto a un Rottweiler. Eppure c'erano tre membri armati della mia unità alle nostre spalle, ed io avevo ancora la mia pistola a ioni.

"Quel termine che hai usato, fottere... è associato solamente a un uomo che si accoppia con una donna e le dà piacere, non a una battaglia."

Gli uomini accanto a me si rilassarono un po' a quelle parole, pensando che Dax stesse scherzando. Non era così. Il calore m'incendiò le guance, ma non per l'imbarazzo. No, era l'immagine mentale di un signore della guerra che mi spingeva contro il muro più vicino, mi strappava i pantaloni e mi penetrava.

Se mai fossi tornata sulla Terra, sarei andata a uccidere un certo topo.

"Che problema hai?" Era molto meglio trasformare il mio interesse per lui in frustrazione. "Non ti hanno detto che sono uscita dal programma spose?"

"Sì."

La sua ammissione mi fece sentire una nullità, e si avvicinò tanto che dovetti sollevare il mento per poterlo guardare nei suoi occhi scuri. Non sarei arretrata. Il suo sguardo mi perlustrò il viso, poi si abbassò verso il mio corpo. Il suo sguardo era diverso da quello di qualunque guerriero con cui avessi mai lavorato. Era sfacciato e sensuale, colmo di un calore possessivo mai visto prima e... porca miseria, i capezzoli mi si stavano inturgidendo. Grazie a Dio indossavo l'armatura sul petto.

"Credi che m'importi qualcosa di ciò?" Sollevò un sopracciglio come se si aspettasse che chinassi la testa e lo lasciassi portarmi via come una principessa delle fiabe. Non sarebbe successo. Non sarebbe successo niente fin tanto che non avessi riportato i miei uomini sulla Karter e recuperato mio fratello dall'Alveare.

Si sporse per afferrarmi un braccio, ma sollevai la pistola a ioni per impedirglielo, premendone l'impugnatura contro la sua solida armatura. Anche i miei uomini presero la mira su di lui. Fece una pausa, per niente interessato... o preoccupato del fatto di poter morire se avesse fatto un movimento sbagliato.

"Abbassate le armi," ordinò.

Nessuno eseguì il suo ordine ed io sollevai un sopracciglio soddisfatta di sapere che i miei uomini mi avrebbero coperto le spalle.

"Se il mio titolo di signore della guerra non è abbastanza, le strisce sulla mia uniforme indicano che il mio rango è superiore a tutti i vostri, disse puntando un dito insanguinato verso il simbolo sulla sua spalla. "Sono felice di vedervi difendere e proteggere la mia compagna, ma dovrete abbassare le armi a meno che non vogliate affrontare una punizione militare."

Aveva ragione. Sebbene fosse ovviamente di un altro pianeta, un pianeta dove gli uomini mangiavano un sacco di spinaci, come Braccio di ferro, per diventare così grandi, indossava l'uniforme della coalizione che tutti potevamo riconoscere. Era *sul serio* di grado superiore rispetto a me e, tecnicamente, eravamo obbligati a obbedire ai suoi ordini.

I miei uomini restarono con le armi puntate, e realizzai che tutto dipendeva da me. Se avessi detto ai miei uomini di combattere quel grosso alieno cattivo, lo avrebbero fatto. Ma sarebbero quasi sicuramente finiti in una qualche prigione della coalizione per colpa della mia mancanza di autocontrollo. Non era mia abitudine chiedere ai miei uomini di sacrificarsi per me, specialmente per qualcosa di così ridicolo.

Voltando la testa, gli feci segno di abbassare le armi. Era una faccenda per le orecchie del Comandante Karter. Avrei dovuto aspettare fino a che non fossimo tornati alla nave da battaglia.

Mi guardò, e questa volta alzò lui un sopracciglio, perché dovevo ancora rimuovere la mia arma dal suo petto. Sebbene ora fosse lui a capo del gruppo sulla nave cargo, ciò non significava che non avrei continuato ad avercela con lui. Con riluttanza, abbassai l'arma.

"Ma... hai la minima idea di cosa hai fatto?" Strinsi le mani in un pugno e me le portai ai fianchi, per evitare di arrivare a colpirlo. "Ho perso degli ottimi uomini oggi. E l'Alveare ha appena preso mio fratello!"

"Mi dispiace per la perdita dei tuoi guerrieri. Ma tuo fratello avrebbe dovuto tenerti al sicuro sulla Terra, alla quale appartieni. Questo non è il posto per una donna, qui dove si combatte contro il nemico," ribatté.

"Mio *fratello* non mi dice cosa fare."

"Ovviamente. Ma *io* sì."

Spalancai gli occhi e risi. "Potrà anche superarmi di grado, *signore*," misi molta enfasi su quell'ultima parola, "ma lei non è il mio compagno."

"Con tutto il dovuto rispetto, signore della guerra," il mio secondo in comando, Shepard si mise accanto a me. Sembrava portare a questo... Dax molto più rispetto di quanto facessi io. Ma non era stato lui a venire chiamato *compagno*. "Devo contestare la... l'accuratezza della sua affermazione. Il Capitano Mills è con noi da due mesi. Le leggi della Terra non consentono a un soldato di entrare in un battaglione se è sposato. O se ha un compagno."

Shepard era diplomatico, ovviamente troppo spaventato per poter chiamare idiota questo signore della guerra. Ma Dax doveva starsi sbagliando, assolutamente, perché non potevo essere stata abbinata a questo enorme bruto in nessun modo. Persino il mio subconscio non sarebbe stato così crudele con me.

Invece di staccare la testa di Shepard, Dax replicò: "Questa femmina terrestre è la mia compagna prescelta dal Programma Spose Interstellari, ed io la sto reclamando."

Oh, merda. Era di Atlan. Il pianeta a cui la Direttrice Egara aveva detto che ero stata assegnata. Scossi la testa.

"Ho abbandonato il programma perché era stato un tutto un equivoco. La direttrice ha detto che non potevo essere assegnata senza il mio consenso. Sono un soldato ora, e sono piuttosto sicura che tu non possa farci niente."

"Dirai al Comandante Karter che sei la mia compagna e rassegnerai le dimissioni dalla flotta della coalizione." Ignorava palesemente qualunque cosa dicessi.

Mi portai le mani sui fianchi. "Non farò niente del genere, babbeo."

Si accigliò. "Non conosco quel termine, ma compagno, andrà bene."

Feci un passo indietro, non perché avessi paura di Dax, ma perché in realtà avrebbe potuto avere ragione riguardo a tutto quel casino. Mi ricordai di quella piccola idiota, la Direttrice Morda, e di come avesse incasinato tutto fin dall'inizio. Poteva aver fatto altri danni dopo che ero stata portata alla flotta della coalizione? Qualcosa come non eliminare il mio profilo, non cancellarmi dal sistema?

Oh, merda.

"Siamo stati abbinati." Si sporse in avanti senza mai interrompere il contatto oculare. "Sei mia."

Sussultai. Non potevo essere una compagna. Se avessi dovuto abbandonare l'esercito per essere la sposa di qualcuno, sicuro non sarei potuta andare a cercare Seth. Dubitai che quell'enorme alieno mi avrebbe lasciato fare altro se non dare alla luce bambini. Aveva già detto che i combattimenti non erano roba da donne. Ciò contrastava con la possibilità che mi lasciasse portare una squadra a un centro di integrazione dell'Alveare per salvare Seth.

Eppure, mi aveva già dato la sua parola che mi avrebbe aiutato a riportare indietro mio fratello.

Probabilmente aveva pensato di darmi una pacca sulla

testa come una brava bambina e lasciarmi indietro, mentre lui andava a sconfiggere draghi. Sentivo una vibrazione molto iperprotettiva provenire da lui. E non era nel mio stile.

Poteva davvero obbligarmi a rassegnare le dimissioni dall'esercito? Non conoscevo le regole. Dal momento che ero stata abbinata dal loro sistema, poteva davvero costringermi a lasciare la flotta? Questo gigante maschio atlaniano poteva prendere la mia mano con la forza?

Oltretutto, non *volevo* un compagno. Avevo avuto già a che fare con troppi uomini nella mia vita – un padre molesto, tre fratelli, comandanti dell'esercito, commilitoni – non avevo bisogno di un compagno. E lui? *Lui!* Dio, quell'uomo era stato abbinato a me? Fino a quel momento non aveva fatto altro che farmi incazzare. Che importava se era davvero il sesso su un bastoncino – su un bastoncino *davvero* grosso. Che importava se la mia mente non faceva che propormi immagini di lui che mi scopava contro un muro e che spingeva e spingeva fino a farmi venire sul suo cazzo enorme? E sapevo che era enorme. Doveva esserlo.

Mi rifiutai di credere che i miei sentimenti fossero causati da questa... cosa... dell'abbinamento. Più probabilmente, mi era rimasto impresso a causa dell'epica astinenza dal sesso in cui mi trovavo. Due anni e mezzo senza sesso avrebbero fatto notare questo maschio enorme a qualunque donna sana di mente. Volevo solo un orgasmo o due, e non ero contraria al fatto che fosse lui a darmeli. Solo perché ero una donna non voleva dire che non potessi scopare e poi andarmene. *Una botta e via* poteva andare bene anche a me. Giusto?

Quest'attrazione era puramente biologica. Mi face indurire i capezzoli, e allora? Anche il clima freddo faceva la stessa cosa, e venendo dalla Florida odiavo la neve. Dax era ovviamente un prepotente, e un maschilista sfacciato, e dominatore, e travolgente... eccetera. Avevo fatto la cosa giusta a scegliere la coalizione a lui. Essere la sua... compagna! Ah!

"Io non vengo con te, ma tu sei il benvenuto se vuoi venire con noi," gli dissi, dandogli un colpetto con la punta della mia pistola a ioni. "Shepard, siamo di nuovo nella zona della coalizione?"

Shephard controllò il suo schermo dati e annuì. "Sì, signore."

"Eccellente." I miei uomini erano al sicuro, la nave protetta dalle pattuglie della coalizione e scortata fino al gruppo di battaglia per essere riordinata e riassegnata. "Shep, guiderai tu il riordino. Io porterò il mio *compagno...*" dissi quella parola con disdegno e sarcasmo, "...da Karter. Dobbiamo occuparci di una faccenda."

Dax mi guardò aggrottando la fronte, ma io mi rifiutai di distogliere lo sguardo. "*Tu* verrai con me sulla Brekk."

Sollevai la pistola e strinsi le palpebre. "No. Non lo farò. Andremo a trovare il Comandante Karter, organizzeremo una missione di salvataggio e un divorzio spaziale."

Mi sembrò che ringhiasse. Ma che diavolo? Era per metà bestia o qualcosa del genere?

# 5

*D*ax

CI VOLLE UN'ORA affinché la mia compagna facesse al suo comandante un resoconto riguardo agli eventi della battaglia nella quale mi ero teletrasportato. Fatto ciò, ci fu ordinato di fare rapporto presso la sala operativa del Comandante Karter, al ponte di comando. Ora ci trovavamo davanti alla scrivania del Comandante Karter. La mia compagna se ne stava sull'attenti di fronte al leader prilloniano. Come tutti i comandanti di Prillion, era grande quasi quanto me, con capelli dorati e occhi che ci fissavano come quelli del predatore che era. Non c'era gentilezza nella sua espressione, né empatia nei suoi occhi. Se ne stava rigido dietro la scrivania, calmo e pensieroso, nonostante la crescente irritazione della mia compagna.

"Voglio andare a cercarlo", disse al suo comandante, con il mento inclinato in segno di sprezzo. Io rimasi lì in piedi, limitandomi ad ascoltare. Aspettavo il momento giusto per parlare, che sarebbe venuto presto. "Cercherò dei volontari."

Il comandante sospirò continuando a ignorarmi. "Non posso autorizzare una missione di salvataggio presso un centro di integrazione per un solo combattente della coalizione. Le cose da queste parti sono già abbastanza precarie, capitano. Non posso mettere a rischio altri guerrieri per una missione quasi sicuramente destinata a fallire. Manteniamo il controllo di questo settore per pura e semplice forza di volontà. Non posso mettere a repentaglio le vite di validi e forti guerrieri in una corsa suicida alla ricerca di un uomo che probabilmente è già perduto."

Ed eccola lì, la verità che la mia compagna non avrebbe voluto sentire. Riuscivo a vedere il misto di rabbia e tristezza che le scintillava sul volto, sebbene lo mascherasse bene. "Devo provarci. È mio fratello."

Il suo dolore mi faceva venire voglia di tirarla a me e stringerla forte. Il potente bisogno di abbracciare una femmina aliena per placare le sue emozioni non faceva che confermare che ero alla mercé della connessione sessuale. La studiai con tutta calma, mentre se ne stava davanti al suo comandante cercando di celare la sofferenza con un orgoglio accanito, che io ammiravo. Sembrava molto più piena di vita e bella rispetto all'immagine che avevo visto sul tablet della dottoressa. Quell'immagine era piatta, senza il fuoco o l'espressione caparbia che suscitava il suo viso. In realtà, sembrava molto... di più.

Indossava la familiare uniforme da combattente della coalizione, con l'armatura che nascondeva completamente tutte le sue curve. Non so se fosse perché era la mia compagna, o perché era così dannatamente attraente, ma la desideravo con una ferocia mai provata prima. Dovetti

concentrarmi per seguire la conversazione con il comandante, perché ero quasi del tutto sopraffatto da visioni di me
che le squarciavo l'armatura per esplorare le sue curve con
la lingua. Era *tutta* donna, ed era mia. I suoi capelli scuri
erano tirati all'indietro in una specie di stretto chignon sul
collo. Mi chiesi come sarebbero stati attorcigliati attorno alle
mie dita, mentre le facevo avvicinare il capo per darle un
bacio. La sua pelle era pallida, molto più chiara della mia e
di quella di chiunque altro su Atlan. Dubitai che potesse
arrivarmi oltre il mento, ma era robusta per essere una
femmina. Non era delicata o aggraziata, ma piuttosto sfacciata, coraggiosa e vivace da morire. La mia bestia interiore
adorava tutto quel fuoco e il mio cazzo voleva assaggiarla. La
bestia dentro di me graffiava per uscire, per mettermi la
femmina sulle spalle e portarla via.

Sapevo che qualunque uomo l'avesse guardata ne
sarebbe stato istantaneamente attratto, e lottai contro il
bisogno primordiale di marchiarla con il mio odore, di stro-
finare la mia pelle e il mio seme sulla sua carne per assicurarmi che chiunque le si avvicinasse sapesse precisamente a
chi apparteneva. Era mia e avevo bisogno che chiunque lo
sapesse, inclusa la femmina cocciuta che, persino adesso,
stava cercando un modo per liberarsi di me. Tutto quello a
cui riuscivo a pensare era di affondare il mio cazzo dentro di
lei, e tutto quello che voleva lei era costringermi ad
andarmene.

Quella sfida innervosiva la mia bestia in un modo che
non avevo previsto, e mi sentii ansioso di assaggiare i suoi
denti e i suoi artigli in camera da letto. Come fosse rimasta
senza un compagno fino a quel momento era oltre la mia
comprensione. Com'era possibile che nessun maschio della
Terra l'avesse desiderata o reclamata? Mi faceva pensare che

i maschi di quella specie dovessero avere qualche problema. I maschi umani dovevano essere degli idioti.

"Sono consapevole del fatto che sia un suo parente." Mentre lei stava per parlare di nuovo, il Comandante Karter alzò la mano per fermarla. "Sono anche consapevole che due dei suoi fratelli sono già morti per mano dell'Alveare. Mi dispiace per la sua perdita, ma non c'è niente che io possa fare."

Due fratelli morti per mano dell'Alveare? Questo spiegava un po' di cose. Quanti altri fratelli aveva? Le famiglie della Terra erano legate come quelle di Atlan? C'era un'affinità, un amore tra consanguinei che la spingeva a volerlo salvare? Se era così, capivo la situazione, perché anche io avevo un fratello. Se fosse stato catturato, anche io avrei cercato di salvarlo. Ma lei era una femmina ed era la mia compagna. Se doveva avere la certezza che suo fratello fosse al sicuro, me ne sarei occupato io al posto suo.

Emisi un brontolio, e sia lei che il suo comandante si voltarono verso di me.

"Andrò a cercare suo fratello. È stata la mia interferenza a portare alla sua cattura."

Non avrei dovuto essere colpito dalle sue abilità nel combattimento e dalle competenze tattiche a cui avevo assistito su quella nave cargo. Le femmine non combattevano. Loro placavano, confortavano, accudivano. Non erano stupide; piuttosto il contrario. Una femmina era l'unica in grado di domare la bestia interiore del proprio compagno, e per fare questo ci volevano astuzia e intelligenza. L'iniziale febbre da accoppiamento veniva placata dal legame stretto, ma la rabbia imprevedibile della bestia non svaniva mai del tutto. Le nostre compagne sapevano come alleviare la rabbia che impazzava dentro, spesso silenziosamente. Non avevo mai provato un livello di rabbia e di furore simile a quello di quando lei si trovava in pericolo.

Volevo proteggerla, scoparla, prendermi cura di lei. Ma Sarah Mills non voleva un compagno e non sembrava una gran confortatrice. Per cui, avrei conquistato il suo cuore nell'unico modo possibile: riportandole suo fratello.

Il comandante si appoggiò allo schienale della sua sedia e incrociò le braccia sull'enorme torace. Se fossi stato umano, ne sarei stato intimorito, ma ero un atlaniano, e anche più grosso del guerriero prilloniano che in quel momento mi stava fissando. Accolsi la sua ira, felice di deviare la sua irritazione dalla mia compagna. "Tu sei tutto un altro problema, Dax, Signore della Guerra. Che diavolo ci fai nel mio settore senza un'autorizzazione?"

"Sono venuto per la mia compagna."

"Sono una guerriera, non una compagna. L'ho detto al programma spose. Mi dispiace che non ti sia stato comunicato." Guardò il comandante. "Può assegnarmi a uno squadrone che stia almeno combattendo in un'area prossima al più vicino centro di integrazione?"

"Vuoi essere catturata e trasformata in un cyborg?" chiesi con una voce che risuonò in tutta la stanza. Si rifiutava di cedere, ed io mi rifiutavo di andarmene senza di lei. Non potevo. Sebbene non avesse i bracciali ai polsi – non ancora – non avrei abbandonato la mia compagna. Era mia, e l'avrei protetta – persino da sé stessa – a costo della mia vita.

Alzò gli occhi al cielo. "No, ma devo salvare mio fratello."

"No, non devi. Lo salverò io per te."

Aprì la bocca, con gli occhi che lanciavano fiamme, ma il comandante si alzò e sbatté una mano sulla sua scrivania. "Nessuno di voi andrà in territorio nemico per salvare un uomo morto. Capitano Mills, suo fratello è morto. Se non lo hanno ucciso subito, è stato integrato nella mente del loro Alveare, il suo corpo alterato con tecnologia sintetica che non saremo in grado di rimuovere. È morto. Mi dispiace. La risposta è no."

Il comandante si voltò verso di me. "E tu, Dax, Signore della Guerra, torna al teletrasporto e lascia la mia nave. Da quanto ho sentito sulle tue azioni, non è il caso che tu perda il controllo e che venga abbattuto. Torna su Atlan e trovati una nuova compagna."

"La mia compagna è qui. Se io lascio questa nave, lei viene con me."

Per quanto fosse vero, avrei preferito che la mia compagna accettasse l'abbinamento; un legame forzato era impossibile.

A volte era l'unico modo per salvare la vita di un guerriero. Non l'avrei costretta ad accettare l'abbinamento; eppure la sua sola presenza riusciva a placare la mia bestia. L'avrei sedotta, l'avrei sopraffatta fino a che non avesse potuto pensare che a darmi piacere, a scoparmi e a placarmi.

Incrociai le braccia sul petto. Sapevo che non le sarebbe piaciuto essere dominata ma, se necessario, l'avrei letteralmente rapita.

Per tenere la bestia a bada, per il momento, non serviva un legame completo, mi bastava essere vicino a lei. Un legame forzato era disonorevole, un atto disperato di un uomo disperato, qualcosa che io non avrei fatto. Forzare il legame tra di noi avrebbe presagito un'infausta unione a lungo termine. Se dovevo avere per compagna questa femmina terrestre per il resto della vita, volevo almeno piacerle. Volevo scoparla, coccolarla e viziarla e poi scoparla di nuovo, ma non l'avrei presa contro la sua volontà.

Avrei preferito la morte.

Ad ogni modo, la seduzione era un gioco a cui ero impaziente di giocare.

"Lei non se ne andrà con te, signore della guerra, perché non ti ha accettato come compagno. Non è una sposa della coalizione, lei è il Capitano Mills dell'Unità di Ricognizione 7." Il comandante era altrettanto irremovibile. "Al momento, lei è mia. I guerrieri *prillioniani* non costringono le femmine in legami sessuali che non desiderano."

Sarah a quel punto sorrise, e il cazzo mi si gonfiò. Senza dubbio era ancora più adorabile quando non era tesa e fredda. Si sentiva vittoriosa e potente con il supporto del comandante, ma questo non sarebbe servito a farle avere ciò che l'avrebbe resa felice, ed era tempo che glielo ricordassi.

Indicai il comandante, ma mi girai verso di lei. "Non ti lascerà andare a prendere tuo fratello."

Il suo sguardo passò dal mio volto a quello del comandante. "Cosa *posso* fare?"

"Torna alla tua unità ed esegui gli ordini fino al termine dei due anni." Il comandante, vedendo le sue spalle irrigidirsi per le sue parole dirette, aggiunse: "Lei è uno dei migliori capitani che abbiamo. Astuta, veloce e non va nel panico sotto il fuoco nemico. Gli uomini si fidano di lei. Può essere molto utile qui, capitano. Abbiamo bisogno di ufficiali come lei."

Ringhiai di nuovo; il pensiero che la mia compagna dovesse tornare in battaglia senza di me al proprio fianco era più di quanto la mia bestia potesse tollerare. Il solo pensare allo scontro a fuoco al quale avevo assistito, con le esplosioni di ioni che saettavano sopra la sua testa, faceva agitare la mia bestia. Il comandante doveva aver notato il dispiacere causatomi dalle sue parole. Per essere un prilloniano era grande, ma io ero più grande. "Lei *non* tornerà in battaglia."

"Va' a casa su Atlan, signore della guerra," ribatté. "Trovati un'altra compagna."

"Non voglio nessun'altra."

Sarah irrigidì le spalle al mio voto, e il suo sguardo guizzò sul mio volto, come se non credesse alle mie parole.

"Allora aspetta che i suoi due anni di servizio siano terminati," ordinò il comandante.

"Col cavolo," ringhiai. "Sarò morto per quel momento."

Lei alzò le sopracciglia.

Il comandante mi squadrò. "Febbre da accoppiamento? Quanto tempo hai?"

"Non molto." Gli diedi quella breve risposta, mentre guardavo Sarah.

"Cosa vuol dire che sarai morto? Sei malato?" mi chiese lei. Vidi la preoccupazione cercare di farsi spazio nel suo cuore, proprio accanto alla rabbia. Forse c'era una speranza per noi, dopo tutto.

"Comandante, potrei parlare alla mia compagna... in privato?"

Il prilloniano ci guardò, prima l'uno e poi l'altra. Quando Sarah annuì, lui si allontanò senza dire una parola, lasciando che la porta si richiudesse scorrendo dietro di lui.

Vedere la sua preoccupazione mi dava una piccola quantità di speranza.

"Febbre da accoppiamento," le dissi. "Ce l'hanno tutti i maschi di Atlan, sebbene colpisca in momenti particolari ciascun individuo. Dura diverse settimane, crescendo lentamente fino a che non ha consumato tutto. Sono più vecchio della maggior parte di quelli a cui sale la febbre, ma questo è irrilevante. Una volta arrivata, batte la logica e la razionalità e trasforma il maschio – io – in quello che chiamiamo un berserker, una furia." Sollevai le mie mani sporche. "Il corpo si trasforma in qualcosa che è più bestia che uomo. La rabbia mi riempie fino a che la ragione non esiste più, esiste solo il puro istinto animale. Posso staccare le teste dei soldati dell'Alveare senza battere ciglio, ma non riesco a fermarmi. L'unica cosa che può controllare una furia atlaniana è la sua compagna. L'unico modo per calmare la bestia è venire placati e accettati dalle nostre compagne, scopare."

I suoi occhi si spalancarono.

"E se non... scopi, muori? Non ha senso" disse con sorpresa. Solo sentire la parola *scopare* uscire dalle sue labbra mi faceva gemere.

"Si chiama febbre da *accoppiamento* per una ragione. Serve ad assicurare che ciascun atlaniano sia corrisposto ed abbia una compagna appropriata, permettendo la continuazione della specie. Se un maschio non si accoppia, muore."

"Come la legge del più forte," replicò.

"Non so cosa sia."

Sollevò la mano. "Non importa, ma capisco... il concetto. Se devi scoparti qualcuno, va' a cercarti una prostituta spaziale o qualcosa del genere, ribatté agitando una mano per aria. "Non hai bisogno di me. Qualsiasi vagina andrà bene."

La sua ultima affermazione fece montare la rabbia. "Non andrà bene chiunque," ringhiai, poi feci un respiro profondo. Certo, non molto tempo prima l'avrei pensata diversamente, ma ora lei era davanti a me. Ora sapevo, in fondo all'anima, che questa donna della Terra era mia. Non mi serviva un programma di abbinamento per verificarlo. "È la febbre da *accoppiamento*. Ciò significa che può cessare solo scopando una *compagna*. Nel mio caso, tu."

Vedendo che restava silenziosa, mi avvicinai. Dissi; "Vuoi sapere cosa vedo quando ti guardo?"

Scosse la testa.

"La pelle più chiara che mai vorrei toccare. Mi chiedo quanto sia morbida. Tutto il tuo corpo è così morbido? I tuoi seni, cerchi di nasconderli sotto l'armatura, ma sono pieni e rotondi. Starebbero facilmente in una mano. Voglio stringerli e sentirne il peso. Voglio vedere i tuoi capezzoli inturgidirsi mentre li accarezzo con i pollici. Quel labbro inferiore carnoso, mi chiedo come sia mordicchiarlo. E la tua figa..."

Alzò la mano, probabilmente per allontanarmi, ma questa restò ferma sul mio petto. La coprii con la mia e la feci arretrare fino a che non fu addosso al muro. Non le lasciai spazio – non ne aveva bisogno – e premetti una gamba in mezzo alle sue. A causa della differenza di altezza era praticamente a cavalcioni sulla mia coscia.

Guardai le sue pupille dilatarsi e la bocca spalancarsi. Bene, ora non stava pensando. Se c'era una donna che aveva bisogno di smetterla di pensare, era questa. Aveva bisogno di qualcuno che per una volta si prendesse cura di lei. A cominciare da subito.

"Tu sei mia, Sarah, e non ti lascerò andare."

"Se ti scoperò, allora sarai guarito? Non morirai?" Mi guardò in un modo molto eccitante, ed io la lasciai fare, lasciai che vedesse il desiderio nei miei occhi e che sentisse il calore del mio corpo vicino al suo. "D'accordo. Ti scoperò una volta sola – una botta e via – e poi ce ne andremo ognuno per la sua strada separata. È passato un po' di tempo e sono certa che tu sia... probabilmente... un amante interessante."

Sebbene trovassi invitante il suo consenso, scossi la testa, perché forse ancora non capiva. "Non esistono *strade separate*. Saremo compagni per tutta la vita. E, per tornare alla febbre da accoppiamento, non succede solo una volta. Dovremo scopare ancora e ancora..." Mi feci più vicino, strofinando il naso contro la sua guancia e respirando il suo dolce profumo, "...fino a che la febbre non è alleviata, fino a che non è passata."

Portò entrambe le mani sul mio petto ed io le afferrai i polsi, sollevandoli fin sopra la sua testa, mentre continuavo l'esplorazione del suo collo, poi affondai il naso dietro il suo orecchio per sentire l'odore dei suoi capelli. Il respiro le si fece affannoso e mi sussurrò all'orecchio: "E se non ti scopo ancora e ancora finché la febbre non si placa?"

"Morirò."

"Vuoi che sia la tua compagna così che tu non muoia?" chiese. Alzai le testa e la guardai negli occhi, le nostre bocche lontane. Il mio rispetto per lei crebbe quando il suo sguardo tenne testa al mio, senza distoglierlo. Era un buon indicatore del fatto che la sua avversione per me stava diminuendo. Quando si passò la lingua sulla labbra, capii che era mia.

"Se mi rifiuti, Sarah, lascerò questa nave con il mio onore intatto. Se mi rifiuti, morirò." Piegai il ginocchio e sollevai il suo corpo da terra per mettermela a cavalcioni sulla gamba, con il suo clitoride e la sua passera che mi strofinavano contro attraverso le uniformi. "Ma la morte non significa niente per me. Combatto l'Alveare da dieci anni, donna. Non ho paura di morire."

Scosse leggermente la testa, come per cercare di scuotersi di dosso quella sensazione libidinosa. "Non capisco perché tu sia qui. Non puoi andare su Atlan a trovarti una donna che voglia davvero un compagno?" Con le braccia sopra la testa e l'inguine premuto contro la mia coscia, era spalancata davanti a me come in offerta, ma non l'avrei presa, non ancora.

"Sei *tu* la mia compagna. Io voglio *te*. Voglio te perché sei l'*unica* per me. Lo sento. La prima volta che ti ho vista volevo gettarti sulle mie spalle e portarti via."

"Perché una donna non può combattere," sibilò.

"Una donna *può* combattere, ovviamente. Semplicemente, credo che *non dovrebbe*. Non si tratta di questo. Volevo portarti via, perché volevo sbatterti contro il muro più vicino e scoparti. Qualcosa del genere." Spinsi con la coscia contro il suo inguine. "E possibilmente senza vestiti e senza la tua squadra che guarda."

Spalancò la bocca e gli occhi le si dilatarono. Il sali e scendi del suo petto accelerò, mentre lottava contro il suo corpo bramoso, contro il suo bisogno di me e contro il richiamo di due compagni prescelti.

"Non rinnegare la tua voglia di me."

Si mise a balbettare guardando prima il mio petto e poi il pavimento. Guardava tutto tranne me. "Non ti conosco nemmeno."

"Il tuo corpo mi *conosce*. Anche la tua anima mi conosce. Col tempo, anche il tuo cuore e la mente lo faranno. È questa la cosa speciale tra due compagni. La nostra connessione è viscerale. È così profonda e permanente che sfida ogni logica. Non c'è posto per il dubbio, perché *sappiamo* che siamo fatti l'uno per l'altra."

Scosse ancora la testa chiudendo gli occhi, mentre io

serravo i muscoli delle cosce, strofinando contro il suo inguine con il mio calore e la mia forza.

"Rinneghi la... connessione?" chiesi.

Fece di no con la testa, i suoi capelli che sfregavano contro il muro. "Lo sai che non posso."

"Non puoi cosa?" chiesi, passando le labbra lunga la delicata curva della sua mascella, sul vortice del suo orecchio, sul suo collo che pulsava rapido. Potevo sentire il suo odore. Sudore, certo, ma c'era qualcosa di muschiato e di femminile che al tempo stesso placava ed eccitava la bestia dentro di me.

"Non posso rinnegarti." Il mio cuore ebbe un sussulto alle sue parole, parole che temevo non le sarebbero mai uscite di bocca.

"Ah, Sarah. È stata un'ammissione dura per te. La terrò al sicuro, come terrò al sicuro te. Non temere... il nostro legame. Anche se ho bisogno di scoparti per sopravvivere, c'è tempo. Onorerò il tuo bisogno di tempo, almeno per ora. Non ti prenderò fino a che non me lo consentirai, fino a che non pregherai di farti riempire dal mio cazzo."

Gemette ed io feci leva sul mio vantaggio.

"Ma ora, voglio baciarti, Sarah. Devo assaggiarti."

Aprì gli occhi e la rabbia e la resistenza erano svaniti dal suo sguardo. La bestia voleva ululare per l'aria sottomessa visibile nel suo tenero sguardo. La mia Sarah lottava per essere tosta, per essere una guerriera. Era forte, sì. Ma non doveva esserlo, non per tutto il tempo. C'ero io adesso, per condividere il suo fardello e farmi carico dei suoi problemi. Per proteggerla dal pericolo. E lei era mia, da scopare, ammansire, proteggere... solo che ancora non lo aveva capito.

# $\mathcal{D}$ax

ASPETTAI, con i nostri respiri che si mescolavano e le sue cosce rigogliose che stringevano le mie.

Invece di rispondere, inclinò la testa e le nostre bocche si unirono.

In quel momento, in quel preciso istante, la bestia venne fuori. Si impadronì del bacio, con una mano tra i suoi capelli che le prendeva la testa e la inclinava in modo da far andare il bacio ancora più in profondità. La mia lingua le riempì la bocca, incontrando la sua e attorcigliandocisi, assaporando, leccando. Il suo sapore non faceva che aumentare il mio desiderio, così spinsi ancora più la coscia dentro di lei, sperando che la cavalcasse per raggiungere il piacere. Non si negò; al contrario si contorse e spinse con i piedi per muoversi su di me, mentre la baciavo.

Il suo labbro inferiore era soffice come avevo sospettato.

Il suo corpo era soffice, persino sotto l'armatura, e perfetto per il mio. La mia bestia divampava per averne di più, non volendosi limitare a questo bacio selvaggio. Anche se il mio corpo voleva di più, quello non era né il luogo né il momento, così respinsi la bestia. Alzando la testa, mi persi negli occhi chiusi di Sarah, nelle sue guance rosee, nelle sue labbra rosse e carnose. Un brontolio risuonò nel mio petto e lei aprì gli occhi, immersa in una nuvola di desiderio.

"Ti voglio. Voglio affondare il mio cazzo in fondo alla tua figa bagnata e scoparti finché non riesci più a camminare. Voglio sentire il mio nome sulle tue labbra, mentre mungi il mio seme." Le tirai il labbro inferiore con i denti, leggermente più acuminati per via della bestia, e poi lenii la leggera puntura con la lingua. "Voglio sentire il tuo sapore, Sarah, ovunque, voglio tenerti e leccarti la figa finché non urli di piacere."

A quel punto rise, ed io volevo baciarla ancora. "Non ci piacciamo nemmeno."

"Io credo che ci piacciamo abbastanza." Feci passare il pollice sulla sua guancia e poi mi feci indietro. Non avrei voluto farlo, ma era una sfida pericolosa a cui la mia bestia non poteva resistere, persino senza la pistola agli ioni di Sarah puntata verso di me.

"Non ci piace la situazione in cui ci troviamo," aggiunsi. "Sei l'unica donna che possa evitare che io muoia ed io potrei essere l'unico in grado di aiutarti a salvare tuo fratello."

Si morse un labbro e si accigliò. "Come? Il comandante ha già proibito a entrambi di andare a cercarlo."

"In realtà, una soluzione ci sarebbe," replicai, ignorando il desiderio di mordicchiarle il labbro in cui affondava quei denti perfetti. Sganciai i bracciali dalla mia cintura e li sollevai. "Bracciali dell'unione. Come vedi, io indosso già i miei. Indossarli indica che sono devoto alla mia compagna – te – e solo a te. Chiunque li veda non potrà dubitare della mia rivendicazione." Guardò i bracciali dorati che pendevano dal mio pugno, ma sollevò la mano per metterla attorno al metallo che racchiudeva i miei polsi; quella sua delicata esplorazione mi fece tremare. Volevo che la sua mano mi toccasse in altri posti.

"A cosa servono?"

"I bracciali sono una sorta di impegno, un segno dell'abbinamento, per l'esterno. Assicurano che rimaniamo strettamente vicini fino a che la febbre non se n'è andata e non siamo veramente legati. I bracciali dell'unione atlaniani sono riconosciuti in tutta la coalizione. Nessuno si chiederà più a chi appartieni, mai più. Così come chiunque mi vedrà saprà che sono tuo."

"Non puoi toglierli?"

Scossi la testa, sperando che capisse. "Mi marchiano come tuo, compagna, finché la febbre non è passata. Poi potranno venire rimossi, ma saremo sempre compagni. Questo non cambierà *mai*. Con questi indosso, sarà chiaro che appartengo a qualcuno. Che sono abbinato. Preso. Che ho scelto una femmina. Te." Feci risuonare il piccolo paio di bracciali che tenevo in pugno. "Questi sono tuoi. Diventa la mia compagna e insieme potremo salvare tuo fratello."

Spalancò la bocca ed io riuscii praticamente a vedere il suo cervello che lavorava.

Incrociò le braccia sul petto, non con atteggiamento di sfida, ma per protezione personale. Era scombussolata e insicura, e si stava praticamente abbracciando da sola. Era mai stata stretta da qualcuno? Protetta? Riparata dai mali della vita? Era così forte perché lo voleva o perché gli uomini della sua vita l'avevano lasciata vulnerabile ed esposta?

"Il comandante non ci lascerà andare."

"È vero, non finché rimaniamo entrambi ufficiali della flotta della coalizione. È pur vero, compagna, che una missione di salvataggio per un singolo soldato non è una cosa saggia. Ma se indosserai i miei bracciali, ciò indicherà che sei una sposa e che io sono un atlaniano con una compagna. Saremo entrambi sollevati dal servizio militare."

"Solo indossando i bracciali?"

"Se li indossi, ti impegni ad alleviare la mia febbre. A farla cessare. Ricorda, è una febbre da *accoppiamento*, per cui dovrai impegnarti ad essere la mia compagna."

"I bracciali faranno terminare il nostro contratto militare?"

Annuii. "Non apparteremo più alla flotta, Sarah, ma l'uno all'altra. Non saremo più tenuti a seguire le regole e gli ordini dei comandanti della coalizione."

Guardò i bracciali ma si rifiutò di toccarli. Ma stava ascoltando, ed era tutto ciò che mi serviva in quel momento.

"Ho promesso di aiutarti a recuperare tuo fratello. Giuro sul mio onore che ti aiuterò, che tu scelga o meno di prendere i miei bracciali. Comunque, se non ti dichiari mia sposa e scegli di venire con me, starai infrangendo un ordine del Comandante Karter. Se avremo successo, potrai salvare tuo fratello, ma potresti dover passare svariati anni in una cella della prigione della coalizione."

"Perché lo stai facendo?" Mi guardò con occhi che chiedevano la verità. "Perché mi stai offrendo questo? Perché rischiare la tua vita per mio fratello? Non ci conosci nemmeno."

"Non m'importa di niente se non di te." Dissi quelle

parole con veemenza, sorpreso di aver detto la verità. Il mio desiderio di continuare a combattere l'Alveare era morto nel momento in cui l'avevo vista. Non m'importava di niente se non di conquistarla, di farla mia. Non avrei mai immaginato un tale cambio di sentimenti in così poco tempo. Erano passate solo poche ore da quando avevo detto di non volere una compagna. Ora, ora non avrei mai più voluto stare senza di lei. Non abbassai i bracciali, ma li tenni giusto dove poteva vederli.

"Io... io non sono come le donne del tuo pianeta, vero? Come puoi volere me?"

"No," confermai. "Le donne di Atlan sono miti, Sarah. Accudiscono e curano, non combattono. Non possiedono il tuo fuoco."

"È questo che vuoi? Uno zerbino?"

Aggrottai la fronte. "Non so cosa sia uno zerbino."

"Una donna che non discute mai, che fa tutto quello che le dici. Una femmina mansueta."

Le femmine di Atlan *erano* mansuete. Mansuete non perché fossero obbligate ad esserlo, ma perché venivano cresciute in quel modo. Erano felici delle loro vite, fiduciose che i propri compagni si sarebbero presi cura di loro. Ma Sarah? Di sicuro non era atlaniana e non credo che sarebbe mai stata mansueta.

Sorrisi. "Tu? Mansueta? Sono stato con te per due ore intere e so di sicuro che sei tutto fuorché mansueta."

Si mordicchiò le labbra e vidi le sue guance colorarsi.

"Non ho mai detto di volere una mansueta donna atlaniana."

Non disse niente, ma mi guardò con aria evidentemente dubbiosa.

"Non sto mentendo, Sarah. Se non ti fidi di me, ti puoi

fidare del protocollo di abbinamento. *Quello* non può mentire. Se davvero avessi voluto una donna atlaniana, sarai stato abbinato a una di loro. Io voglio *te*. Voglio che il tuo fuoco mi bruci completamente."

Il bacio non era stato abbastanza. Aveva solo offerto un assaggio di come sarebbe stato tra noi. Ardente, esplosivo e appassionato. Volevo sentire quella donna sotto di me. Volevo sentire la rabbia, la frustrazione e l'intensità che portava dentro trasformarsi in passione. Avere quella passione diretta a me. Senza dubbio era una donna focosa, e sarebbe stata una partner sessuale bramosa e aggressiva. Avrei usato quella focosità per darle piacere. Non ci sarebbe stata delicatezza. Sarebbe stato rozzo e selvaggio e avrei dovuto lottare continuamente con lei per avere il controllo, ma la lotta avrebbe reso la sua sottomissione ancora più dolce da gustare. Avrebbe lottato contro sé stessa, avrebbe cercato di resistere a ciò di cui aveva bisogno. Questo era sicuro. Non perché l'avrei sottomessa, ma perché avrei messo alla prova i suoi limiti, avrei goduto della sua agitazione e avrei scoperto i suoi desideri più nascosti.

A quel punto mi feci in avanti per prendere la sua bocca ancora una volta, assicurandomi che comprendesse quanto la volevo. Lasciai la presa e portai le mani sulla sua schiena, spingendo il suo corpo in avanti e più su sopra la mia coscia finché non fummo premuti l'uno contro l'altra, con il suo stomaco che strofinava sulla mia erezione dura come una roccia. Le sue mani scivolarono sui miei bicipiti, ma invece di spingermi via ricambiò il mio bacio.

Un colpo suonò sulla porta ed io mi postai, riluttante a perdere quel contatto intimo con la mia compagna. Presi la sua piccola figura al sicuro tra le mie braccia. Cercai di essere gentile nonostante la bestia che infuriava affinché la

sbattessi a terra, le dilaniassi l'armatura e mi prendessi ciò
che era mio. "Di' di sì, Sarah. Sii mia."

"Se dico di sì, prometti di aiutarmi a trovare mio fratello?" Diede un colpo con le dita a uno dei bracciali, e questo
iniziò a oscillare sotto la mia mano.

"Non mento. Non mentirei *mai* alla mia compagna. Dal
momento che non lo sai, e che non mi conosci, ti do la mia
parola." Mi misi la mano destra sul cuore, con i bracciali che
pendevano tra di noi. "Ti aiuterò, che tu mi accetti o meno."

Mi guardò in cerca di segni ingannatori. Non ce n'erano,
e infatti l'avrei aiutata indipendentemente dalla sua scelta.
Se mi avesse rifiutato, sarei semplicemente andato da solo a
cercare suo fratello e l'avrei salvata dalla galera della coalizione. Poco dopo, sarei morto. La bestia era abbastanza
vicina da poterla sentire. Senza una compagna sarei stato
destinato all'esecuzione, ma non avrei forzato la sua scelta.
Se fossi morto, avrei cercato il riposo eterno a modo mio,
con l'onore intatto.

Se avesse detto sì, se si fosse messa i miei bracciali ai
polsi, non avrei avuto altra scelta che andare con lei alla
ricerca di suo fratello, non solo perché le avevo dato la mia
parola, ma perché una volta indossati i bracciali non
avremmo potuto venire separati, non fino a che non fossimo
stati legati sul serio.

Cosa ancora peggiore, se avessi tradito la sua fiducia,
non mi avrebbe mai permesso di scoparla, figurarsi legarmi
a lei. Senza di lei, sarei morto.

Dunque, il potere era nelle sue mani. Eravamo entrambi
di fronte a un dilemma. Avevamo entrambi bisogno l'uno
dell'altra. Eravamo entrambi disposti a pagare un prezzo. Io
avrei esposto la mia compagna a un pericolo per trovare suo

fratello. Lei sarebbe diventata la mia compagna. Permanentemente. A giudicare dal bacio, non sarebbe stato difficile.

"Molto bene. Accetto."

Emisi un rantolo, basso e profondo. Sentire quelle parole provenire dalle sue labbra calmò la bestia come nemmeno il bacio era riuscito a fare. Si infuriava e spingeva per uscire, ma sentirla accettare di essere la mia compagna l'aveva placata. Aveva placato me. Interamente.

Andai alla porta e la aprii al comandante. Sapevo che non era andato lontano. Non solo ero un ex guerriero solitario che si era teletrasportato nel bel mezzo di una battaglia e fatto a pezzi i soldati dell'Alveare, ma ero anche l'atlaniano intenzionato a prendere come compagna uno dei suoi migliori ufficiali.

Entrò e ci guardò entrambi.

"Non puoi accettare il piano di questo signore della guerra," disse. Era un uomo scaltro, sapeva esattamente cosa le avevo offerto e cosa gli sarebbe costato.

"L'ho già fatto."

"Capitano, devo mettere in dubbio la saggezza della sua decisione," replicò il comandante. "Sia logica. Usi la sua mente analitica, Sarah. Suo fratello è andato. Non faccia questo sacrificio, quando non c'è speranza di riportare indietro Seth vivo."

"Seth è ancora vivo. Riesco a sentirlo. Ho dato la mia parola a mio padre. Non posso perdere anche lui. È tutto ciò che mi resta. Mi dispiace, Comandante Karter, ma devo trovarlo." L'ultima battuta era come un mantra che le usciva dalle labbra. Si sfilò i parabraccia e li fece cadere ai suoi piedi. Prendendo i bracciali, si sollevò la maglietta fino a esporre gli avambracci. Aprendoli uno alla volta, se li infilò ai polsi. Si richiusero automaticamente e si agganciarono con fermezza attorno alla sua pelle delicata.

Mi lanciò uno sguardo inclinando la testa e poi si rivolse al comandante. "E adesso?"

Il comandante sospirò. "Capitano Mills, ha indossato i bracciali dell'unione di un maschio atlaniano, per cui, con effetto immediato, sarà trasferita al Programma Spose Interstellari. È sollevata dalla sua posizione di comando. Non fa più parte della flotta della coalizione. Consegni la sua pistola a ioni."

Con precisione, estrasse l'arma dal fianco e la porse al prilloniano. Non sembrava titubante riguardo alla sua decisione. Al contrario, il suo scopo sembrava acuire la risolutezza.

Il Comandante Karter si girò verso di me. "Be', immagino tu abbia avuto quello per cui sei venuto." Si passò una mano tra i capelli sospirando forte. "Andate da Silvia al ponte civili. Vi assegnerà dei posti temporanei."

Sarah si mise le mani sui fianchi. "Non rimaniamo. Ci teletrasporteremo immediatamente."

Il comandante scosse la testa. "Temo che ciò sia impossibile."

"Cosa? Le prometto che una volta trasportatici nel luogo in cui l'Alveare ha preso Seth, non le saremo più d'intralcio."

"Non ci saranno teletrasporti fino alle ore tredici, almeno." Vedendola spalancare la bocca, aggiunse: "Stiamo passando attraverso un campo magnetico di detriti. È troppo pericoloso. L'intero settore è disattivato. Niente teletrasporti, niente voli."

"No!" Non ci sarebbe stato nessun teletrasporto, nessuna battaglia, nessun movimento per quasi sedici ore. Normalmente, tutti quelli di un gruppo di battaglia avrebbero celebrato queste strane tempeste magnetiche, che permettevano loro un riposo e un rilassamento forzati. Sarah mi lanciò un'occhiata che potei interpretare con facilità. Era preoccupata per suo fratello, per il tempo in più che avrebbe avuto l'Alveare per torturarlo e modificarlo. Ma si stava anche chiedendo che cosa mi sarei aspettato da lei nelle prossime sedici ore di attesa.

Se non potevo portarla da suo fratello, potevo almeno fornire una buona distrazione. Forse una nottata di buone e sode scopate avrebbe schiarito le menti di entrambi.

## 7

# S arah

RACCOLSI i miei parabraccia da terra, girai i tacchi e mi lasciai alle spalle l'ufficio del comandante e il mio nuovo *compagno.*

Dunque, ero diventata la compagna di un signore della guerra atlaniano che baciava come un dio? Pazienza. Una volta uscita dall'ufficio del comandante tirai i bracciali, cercando di rimuoverli. Potevo anche essere la compagna di Dax, potevo essermi scopata la sua coscia soda, ma non dovevo per forza indossare questi maledetti affari. Li avevo indossati come parte dello spettacolo per il Comandante Karter, e non mi sarei rimangiata le mie parole. No. Una volta che Dax mi avesse aiutata a recuperare mio fratello, avrei cercato di essere una brava mogliettina. In base a come baciava, una botta e via sarebbe stata dannatamente ecci-tante. E fino ad allora? Non mi servivano questi... tirai e tirai... segni visibili del mio legame con il signore della guerra. Del suo possesso su di me. Della mia *appartenenza* a lui. La mia parola era più che sufficiente.

Cercai di fare leva per aprirli. Niente. Merda. Erano stretti, ma almeno potevo infilarci le dita sotto. Inutile, non cedevano. Dove diavolo era la fibbia?

Feci un cenno con la testa ai due guerrieri che mi salutarono passandomi accanto nel corridoio. Probabilmente erano gli ultimi due saluti che avrei ricevuto, poiché non sarei rimasta nella flotta della coalizione ancora per molto tempo. C'ero rimasta per due mesi, anziché due anni. Almeno non ero morta. Sebbene essere la compagna di... *lui* poteva essere persino peggio.

Era impertinente e sfacciato, e quel sorriso malizioso indicava un'arroganza che mi faceva impazzire. In qualche modo gli bastava respirare per farmi arrabbiare. Ed eccitare. Che cos'aveva? Che cos'aveva il suo bacio che mi faceva perdere la testa così? Che mi faceva eccitare così? Dio, era *sesso* su un bastoncino. In qualche modo era riuscito a farmi *desiderare* di essere toccata. Mi aveva detto cosa aveva intenzione di farmi, cose da cavernicolo, cose carnali – e fui grata che le avrebbe fatte in privato – ed io non riuscii a non sciogliermi ai suoi piedi.

Come se non bastasse, l'avevo baciato come una donna avida delle sue avances. Prima avevo ricambiato il suo bacio perché, che diavolo, perché non testare quello che mi stava offrendo? Quando le sue labbra avevano incontrato le mie, comunque, era stato qualcosa *di più. Di più.* La sua coscia dura come la pietra si era spinta tra le mie gambe e mi aveva sollevata in modo da premermi perfettamente contro. La mia figa bramava di essere riempita e il mio clitoride turgido era stato strofinato e risvegliato. Tra la sua lingua nella mia bocca e il modo in cui avevo cavalcato la sua gamba, ero sulla buona strada per un orgasmo. Spudoratamente. Aveva persino rantolato quando mi ero bagnata, come se potesse annusarlo o qualcosa del genere.

Nessun uomo mi aveva mai fatta sentire così prima di allora. Mi aveva bloccata al muro, completamente alla sua mercé. Non mi era mai piaciuto essere alla mercé di *chiunque*, ma questo Dax, con il suo bacio e il suo tocco, le sue parole sussurrate e il suo... Dio, la sensazione del suo cazzo duro sul mio basso ventre che l'armatura non arrivava a coprire... volevo tutto quanto.

Ma la mia decisione di essere la sua compagna non era frutto della confusione sessuale. Avevo accettato la sua proposta solo perché volevo trovare Seth. Lui mi avrebbe aiutata a farlo e io non avrei dovuto marcire in prigione per il resto della mia vita. Dax, con la sua mole, il suo coraggio, la sua forza, sapevo che era la mia unica possibilità di riprendermi mio fratello.

Feci un respiro profondo e fissai il corridoio che portava all'ascensore della nave. Dax era ancora nell'ufficio del comandante, e non avevo idea del perché. Mi avrebbe seguita, alla fine, perché avevamo un accordo. Aveva detto che senza di me sarebbe morto, il che significava che la sua specie era davvero incasinata. Diamine, avevo vissuto per ventisette anni senza un marito e stavo benone.

Certo, la mia vagina era praticamente impolverata per lo scarso utilizzo, ma chi aveva bisogno di un uomo e di tutto il lato drammatico quando aveva un potente vibratore? Un vibratore non mi aveva mai fatto incazzare. Be', il vibratore non aveva mani grandi, un fisico muscoloso e duro come pietra, o un aspetto che ispirava potenza. Né baciava come se non ci fosse un domani.

D'accordo. Dax era stato meglio di un vibratore. Fino ad ora. Non avevo dubbi che avrei rimpianto il vecchio, affidabile e silenzioso vibratore la prima volta che mi fossi rifiutata di comportarmi da debole e taciturna smidollata.

"Ah!" urlai, quando i miei bracciali iniziarono all'improvviso a irradiare un dolore lancinante nei polsi. "Cazzo!" mi fermai e avvolsi un bracciale con la mano. Il dolore non diminuiva, ma si diffondeva lungo le braccia. Era come venire folgorati, ma senza riuscire a togliere la mano dal cavo scoperto. Non mi sarei sorpresa se avessi avuto i capelli dritti. Che diavolo mi aveva fatto il signore della guerra?

La luna di miele era finita, girai i tacchi e mi precipitai di nuovo lungo il corridoio. Appena prima di entrare nel raggio d'azione del sensore, vicino alla porta del comandante, il dolore cessò, ma il pizzicore acuto continuò a persistere. Agitai le mani cercando di far circolare il sangue. Forse i bracciali avevano un cavo scoperto, un collegamento difettoso o qualcosa del genere? Feci un respiro profondo e il dolore svanì completamente. Ancora una volta mi voltai e osservai il corridoio. Percorsi la stessa distanza che avevo percorso l'ultima volta e il dolore ritornò. Questa volta sapevo cosa aspettarmi, ed emisi un sibilo più di rabbia che di dolore.

Quello stronzo. Che diavolo stava facendo? Aveva un controllo a distanza? Mi stava osservando e stava ridendo di me?

Marciai di nuovo fino alla porta, questa volta senza fermarmi, ed essa si aprì per me. In piedi, esattamente dove li avevo lasciati, c'erano i due uomini. Il comandante mi squadrò. Il signore della guerra aveva un sorriso compiaciuto sul volto.

"Sei tornata," grugnì Dax.

Alzai le mani. "Sì, sembra che i bracciali che mi hai dato siano difettosi."

"Oh?"

"Come se non lo sapessi," borbottai.

Il comandante rise sotto i baffi e mi diede una pacca sulla spalla, mentre usciva dalla stanza. "Per fortuna queste scaramucce tra amanti non sono più mia responsabilità," disse facendomi incazzare ancora di più rispetto a Dax.

Mi mordicchiai le labbra ed uscii come una furia dalla stanza, questa volta assicurandomi che Dax fosse dietro di me.

Eravamo da soli nel corridoio. Si poteva solo sentire il leggero ronzio del sistema di controllo della nave quando mi girai verso di lui, pronta a combattere.

Dax alzò le mani e parlò prima che potessi sbraitargli contro. "Non ho fatto niente ai tuoi bracciali," mi disse. "Funzionano perfettamente."

"Sembrano l'elettroshock! Non funzionano affatto perfettamente." Diedi un altro strattone ai bracciali.

"I compagni atlaniani non ancora legati che indossano i bracciali devono rimanere entro cento passi l'uno dall'altra, altrimenti i bracciali producono un... dolore per cui occorre tornare a stretta distanza."

"Stretta distanza?" urlai, sapendo di stare perdendo il controllo, ma essere tenuta al guinzaglio come un cane mi faceva imbestialire.

"Urli sempre così?" rispose.

"E tu fai sempre male alle tue compagne?"

La sua espressione, il suo intero aspetto cambiò alla mia domanda, e lui si avvicinò a me finché non mi trovai un'altra volta con le spalle al muro. Non potei farci niente; fissai le sue labbra chiedendomi se mi avrebbe baciata di nuovo.

"Sarah Mills del pianeta Terra, tu sei la mia *unica* compagna. L'ultima cosa che vorrei è farti del male in qualsiasi modo. È mio dovere proteggerti, ed è mio privilegio quello di darti unicamente piacere."

Arrossii ricordando la sensazione della sua bocca sulla mia e della sua coscia soda che aveva fatto fremere il mio clitoride, ma mi scrollai di dosso il pensiero.

"Eppure questi... affari," agitai le braccia per aria, "fanno male."

"Non credi che facciano male anche a me?"

Diedi un'occhiata ai suoi polsi circondati dai bracciali. "Anche i tuoi ti hanno fatto male?"

Annuì, e un ricciolo scuro gli ricadde sulla fronte. "Siamo compagni, e ciò che fa male a te fa male anche a me. Ciò che dà piacere a te dà piacere a me. Non puoi stare a più di cento passi da me senza provare dolore, ma questa restrizione riguarda entrambi. Nemmeno io posso allontanarmi da te fino a che la febbre non se n'è andata."

Significava scopare. Scopare ancora e ancora come scimmie selvagge.

Lo squadrai. "Sembri stare bene adesso."

"La febbre arriva in modo casuale. Per esempio durante le battaglie e, te lo assicuro, quando ce l'avrò di nuovo te ne accorgerai."

"Se questi bracciali fanno così maledettamente male, perché prima non mi hai seguita?"

"Perché anche se tu sei stata il capo del tuo squadrone, io sono il capo del nostro rapporto e della nostra missione di salvare tuo fratello."

Mi scostai da lui e mi incamminai per il corridoio. "*Ecco* perché non volevo un compagno. *Ecco* perché non volevo accettare l'abbinamento. Gli uomini e le loro regole. Siete tutti totalmente irrazionali."

"Sei nello spazio da soli due mesi. Io ho guidato le truppe della coalizione per più di un decennio. Conosco l'Alveare meglio di te. So *meglio* cosa servirà per riportare indietro tuo fratello. E poi io sono un atlaniano, tu no."

Non mi voltai per guardarlo. Ero arrabbiata e decisamente fuori di testa. Non potevo allontanarmi da questo tizio per più di cento passi senza sentire un dolore terribile. Perché non me l'aveva detto prima che indossassi i bracciali?

"Una volta trovato tuo fratello, ci sistemeremo su Atlan. Ti mostrerò il mio mondo. Ci sono molte esperienze di cui devi ancora godere. Preferirei che sopravvivessimo entrambi per provarle."

"Quindi vuoi che ti obbedisca dal momento che sono... nuova alla vita nello spazio."

"Anche, ma io sono un maschio atlaniano, e sono al comando. E se ciò non bastasse a calmare il tuo orgoglio, a rendere tollerabile la tua sottomissione, sono anche un tuo superiore."

"Non più. Ora sono una civile, ricordi?" Mi mordicchiai le labbra. Sottomissione? Dio, quello era un problema, perché io non mi sottomettevo a *nessuno*.

"È il maschio che comanda, Sarah. È una nostra usanza ed è lo stile di vita di Atlan."

"Sì, mi hai già detto come sono le donne atlaniane."

"Sì, ma tu *vuoi* che io sia al comando. Vuoi che sia il tuo compagno a guidarti." Sollevò una mano e la portò alla mia guancia, facendomi girare la testa in modo da spingermi a guardare in su verso i suoi occhi. "Non c'è bisogno di lottare,

Sarah. Non più. Ora sono qui. Mi prenderò io cura di te, così come desideri dentro di te."

Spalancai gli occhi, incredula. "Non ho *bisogno* che un uomo si prenda cura di me e sicuramente non ne *voglio* uno!" ribattei.

"Sì, invece, altrimenti non saremmo stati abbinati."

"Ti sembro una donna che vuole essere guidata per tutto il tempo?"

Inclinò la testa per studiarmi. "No, eppure ti è piaciuto quando ti ho baciata. E in quel momento non avevi alcun controllo."

Trasalii, perché non potevo negare la mia reazione a quel bacio, almeno non in maniera credibile. Aveva ragione. Mi era piaciuto farmi bloccare contro il muro e fargli prendere ciò che voleva. Quale donna non avrebbe voluto essere schiacciata contro un muro e scopata? Quale donna non avrebbe voluto un maschio dominante in camera da letto? Che divertimento c'era a tenere tutto il tempo un uomo per le palle? Nessuno. Ma ciò non significava che volessi che fosse il mio capo. Ne avevo avuto abbastanza di capi nella mia vita. Il Comandante Karter era appena stato l'ultimo di una lunga serie di comandanti, ed era stato una spina nel fianco.

Non volevo essere legalmente legata a nessuno di loro!

Per quanto riguardava il bacio, dovevo ammettere che volevo lo facesse di nuovo, e che non si fermasse fino a che non fossimo stati nudi e consumati. Non perché era suo desiderio comandare – sotto tutti gli aspetti – ma perché ero pur sempre un essere umano e avevo dei bisogni femminili che richiedevano un cazzo vero.

"Quindi ora che succede?" diedi un colpetto al muro metallico accanto a me, incapace di non provocare la bestia.

"Ci diamo da fare qui così posso curare la tua febbre da accoppiamento?"

Assottigliò gli occhi e serrò la mascella. "Sebbene l'idea di scoparti contro il muro sia invitante, non ti prenderò contro la tua volontà o in un luogo pubblico."

"Perché no?" Fui sollevata dalle sue parole, ma non riuscii a trattenermi dal mettermi contro il muro e sollevare le mani sopra la testa. Premetti la schiena contro il muro e mi misi a fissarlo con un'evidente espressione di sfida negli occhi. Il bisogno di mettere alla prova il suo autocontrollo mi pervadeva come un demone. Dovevo sapere fino a che punto potevo spingerlo, con che tipo di uomo avevo a che fare.

Si avvicinò fino a che a separarci non ci fu che una sottilissima porzione d'aria. Il suo profumo mi invase la testa, ed ebbi voglia di affondarci dentro. Aveva un profumo così buono, come cioccolato fondente e cedro, due dei miei profumi preferiti. Mi leccai le labbra e mantenni lo sguardo su di lui, sfidandolo a fare qualcosa di folle, sfidandolo a infrangere la mia fiducia.

La sua voce era un sussurro. "Perché sei mia, e nessuno vedrà la tua pelle nuda eccetto me. Nessuno sentirà le tue urla di piacere quando ti prenderò. La tua pelle è mia. Il tuo respiro è mio. La tua umida e calda figa è mia. Le suppliche mugolanti che farò uscire dalla tua gola sono mie. E non le condividerò."

Non riuscivo a respirare, completamente persa in lui e nella promessa erotica offerta dalle sue parole.

"Ma sappi questo, compagna, se continui a sfidarmi, a tentarmi affinché ti disonori, strapperò quell'armatura dal tuo morbido corpo e ti metterò sulle mie ginocchia. E non mi mentirai. Otterrò rispetto, Sarah Mills, o il tuo sedere diventerà di un rosso acceso e fiammeggiante prima di riempirti con il mio cazzo."

Ma che diamine? Cercai di elaborare quelle parole, mentre inclinava la testa per studiarmi ancora. Il mio battito cardiaco era come un tamburo nelle orecchie e feci fatica a riprendermi dopo le sue oscure dichiarazioni, tutte, perché all'improvviso l'idea della sua mano decisa sul mio sedere mi fece agitare, e non per la rabbia. Maledetto, se n'era accorto.

"Ti eccita farti sculacciare?"

"Cosa? No!" risposi, le sue parole come una secchiata d'acqua gelida sulla mia testa. "Non provare nemmeno a pensarci, Dax di Atlan."

Sorrise, sembrando più attraente che mai, e il fiato mi si bloccò in gola. "Tu mi vuoi, donna. Tu vuoi che il mio pene duro ti riempia. Vuoi che ti tocchi ovunque, che ti rivendichi, che ti marchi come mia. Ammettilo."

"No. Non voglio un compagno, Dax. Voglio salvare Seth." Scossi la testa, ma il mio cuore stava battendo così forte che ero sicura potesse sentirlo, persino attraverso l'armatura. Non volevo che le sue parole fossero vere, eppure lo erano. Santo cielo, lo volevo. Volevo ogni cosa. Ma non fino a che mio fratello non fosse tornato sano e salvo.

"Ti aiuterò a salvare tuo fratello. Ti ho dato la mia parola." Si avvicinò senza lasciarmi spazio per respirare. "Vuoi che mi prenda cura anche di te, che ti tenga al sicuro."

"No, non lo voglio. So prendermi cura di me stessa."

"Non più."

"Stronzate, Dax." Spinsi contro il suo petto. "Dobbiamo andare. Abbiamo una missione di salvataggio da pianificare."

"Sei la femmina più difficile che abbia mai conosciuto."

Gli premetti un dito contro il petto. "E tu sei il più arrogante e testardo maschilista..." La decorazione spiraleggiante di colore grigio scuro che adornava il bracciale dorato mi scherniva. Era un segno di appartenenza, come il collare di un cane. Portandomi la mano al polso tirai quello stupido bracciale. "Levami questi così di dosso. Ho cambiato idea."

Sentii un ringhio rombare dentro il suo petto. Mi afferrò per il polso e mi trascinò in fondo al corridoio. Stava cercando qualcosa. Premette un pulsante, una porta a caso si aprì e lui mi ci spinse dentro. Il sensore di movimento della stanza fece accendere la luce e potei vedere che mi aveva trascinata in una stanzetta piena di pannelli elettrici. Non avevo idea di cosa facessero, ma un muro era ricoperto di cavi e luci intermittenti. Il pavimento e le altre pareti erano blu, indicando che la stanza era gestita elettronicamente.

"Ma che diavolo, Dax?" dissi, continuando con una lunga serie di imprecazioni.

"Metti le mani sul muro." Guardò da sopra la spalla e premette un pulsante accanto alla porta chiusa, facendo scattare la serratura.

Mi si spalancò la bocca. Sebbene l'invito fosse particolarmente eccitante – almeno in connessione con i pensieri perversi suscitati dal suo ordine – ora ero incazzata.

"Non so cosa credi di stare facendo, ma non ho intenzione di scopare in un ripostiglio."

"Chi ha parlato di scopare?" rispose con tranquillità.

"E allora cosa stai facendo?"

"Ti sculaccio, ovviamente."

Mi spinsi con la schiena sul muro opposto ai pannelli elettrici, con le mani premute contro il metallo freddo. "Cosa?" Era chiaramente fuori di testa.

"Ne hai bisogno." Dax fece un passo avanti. Maledizione, era così grande e la stanza era così fottutamente piccola.

"Ho bisogno di cosa? Una sculacciata?" A quel punto risi. "Sì, certo."

"Mi hai mentito, ripetutamente. Ti avevo avvisata, compagna. Ora sei mia, e farò tutto il necessario per assicurarmi che tu lo comprenda."

"Tu sei pazzo. Tutti i maschi sono così difficili su Atlan o solo tu?"

"Stai continuando a mentirmi, e a mentire a te stessa. A tempo debito, compagna, verrai da me per dirmi che sei spaventata, che hai bisogno che il mio tocco ti rassicuri, che allevi il tuo panico. Fino ad allora, è mio dovere capire quando hai bisogno di una mano dura."

"Sul mio culo? Non credo."

"Non hai intenzione di ammettere che hai paura, che tutto quello che è successo oggi è stato spaventoso. Sei forte. Lo so. Ma io sono più forte. Puoi fidarti, affinché mi prenda cura di te, Sarah. Mi stai attaccando, anziché ammettere la verità. Mi sfidi a disciplinare la tua mancanza di rispetto, i tuoi insulti alla mia persona e al mio onore. Non posso che dedurne che hai bisogno che io prenda il controllo, ma non sai come fare a chiedermelo. Per cui non aspetterò una tua ammissione, Sarah, ti darò semplicemente ciò di cui hai bisogno."

La sua promessa mi scombussolò lo stomaco. Era così grande, enorme direi. Era un alieno, un signore della guerra di Atlan al comando di centinaia di soldati, migliaia. E per quanto cercassi di fare la faccia dura, ero terrificata. Mio fratello probabilmente era morto, come aveva detto il comandante, o stava per diventare uno dell'Alveare. Non potevo deluderlo. Ora ero legata a Dax e non ero una *normale*, umile donna atlaniana. Di sicuro avrei deluso anche lui. Non appena avesse realizzato che non ero ciò che voleva, si sarebbe strappato i bracciali dai polsi e mi avrebbe fatto fare i bagagli. Me ne sarei andata a casa da sola e sconfitta. Perduta. Con tutta la mia famiglia andata.

Sentii la prima lacrima bruciare, mentre mi scendeva sulla guancia, e scossi la testa con abnegazione, nascondendomi da Dax per evitare che vedesse la mia debolezza e sapesse di avere ragione. Avevo bisogno che prendesse lui il controllo. La pressione mi stava schiacciando, mi stava soffocando, e l'idea di arrendermi, di affidare tutto a qualcun altro era come una seducente droga per il mio sistema nervoso. La mia mente urlava che mi sbagliavo, ma il cuore batteva per la paura e per il desiderio, una guerra interiore che minacciava di squarciarmi in due.

"Metti le mani sul muro, Sarah."

Feci di no con la testa. Sebbene lo desiderassi, ciò non significava che avrei lasciato che lo capisse. Dovevo rimanere forte. Riuscivo a sentire la voce di mio padre nella testa che mi chiedeva di non piangere mai, di non mostrare mai paura o dolore. *Devi essere dura, Sarah, il mondo non tollera la debolezza.*

Dax fece un passo più vicino, mettendomi una mano attorno alla vita e facendomi girare senza problemi. Non avevo altra scelta che mettere le mani sul muro, temendo che sarei caduta. Spinse sui miei fianchi in modo da farli sporgere all'infuori e da farmi piegare. Cercai di tirarmi su, ma una grossa mano atterrò sul mio sedere coperto dai pantaloni.

"Dax!" urlai, confusa dal sorprendente bruciore causato dal suo palmo sul mio culo.

"Lascia le mani dove sono. Culo in fuori."

"Non ti permetterò di..."

*Sbam!*

"Non mi stai lasciando fare nulla. Ti sto dando la sculacciata di cui hai bisogno, e tu non hai scelta."

Le sue mani mi girarono attorno fino al davanti dei pantaloni e li aprirono, portandoli giù fino alle cosce assieme alle mutandine. Sentivo l'aria fresca sul mio sedere nudo e sapevo che era in bella vista.

"Dax!" urlai ancora, sentendomi più vulnerabile che mai.

Non mi lasciò così per molto, ma incominciò a sculacciarmi, colpendo prima un lato del culo e poi l'altro, senza mai schiaffeggiare due volte lo stesso punto. Gli schiaffi non erano esageratamente forti, e potei solo immaginare quanto forte potesse colpire se solo lo avesse voluto. Ciò non significa che non facesse male e che la pelle non mi bruciasse come fuoco.

"Sono qui per te. Non ti lascerò. Troverò tuo fratello. Mi prenderò cura di te. So di cosa hai bisogno. Non mi mentirai. Non mi parlerai con tono irrispettoso. Non rinnegherai ancora i bisogni del tuo corpo o il nostro legame." Colpì ancora e ancora, mentre le lacrime mi scorrevano sul viso in un fiume di tormento che mi sembrava di aver accumulato in una bottiglia per anni, ogni colpo della sua mano come una granata emozionale che mi faceva perdere il controllo.

Cercai di fare presa sul muro con le dita, ma non ci riuscii. "Dax!" urlai un'altra volta, ma ora la mia voce era piena di emozione grezza, non di rabbia.

"Non sta venendo nessuno. Nessuno ci può vedere. Nessun penserà che sei debole. Smettila di negare ciò di cui hai bisogno. Smettila di nasconderti da me. Lasciati andare."

Scossi la testa. "No."

La sua mano si fermò per un istante, accarezzando la mia pelle arrossata. "Ah, Sarah Mills, di' queste parole: *Non devo essere sempre forte.*"

Dopo un minuto della sua mano che accarezzava pazientemente la mia pelle infiammata, sussurrai infine: "Non devo essere sempre forte."

"Brava ragazza." Mi sculacciò ancora ed io sussultai. "Sarò onesta con il mio compagno e con me stessa."

Ripetei le sue parole.

"Posso confidare che il mio compagno si prenderà cura di me."

Dissi anche quello, e a quel punto, nella mia testa, la sculacciata mutò in qualcosa di diverso. Non mi stava schiaffeggiando il sedere perché mi stava punendo, lo stava facendo perché aveva identificato qualcosa in me di cui non avevo mai saputo l'esistenza. Non avevo idea di come o perché avessi bisogno di essere sculacciata, ma sapere di trovarmi piegata con Dax che non mi lasciava scelta se non dimenticarmi di qualsiasi cosa, era una sensazione liberatoria. Niente mi avrebbe potuto fare male mentre lo faceva. Nessuno avrebbe visto il mio culo nudo e probabilmente ormai diventato di un rosso acceso. Nessuno avrebbe visto le lacrime sulle mie guance. Nessuno mi avrebbe visto, nessuno tranne Dax.

Non mi stava deridendo. Non stava pensando che ero debole. Mi stava dando un momento in cui niente avrebbe potuto farmi male ed io potevo dimenticare ogni cosa. Mi stava aiutando a rilasciare lo stress represso e le emozioni che non mi ero neanche accorta mi stessero soffocando. Rimorso. Paura. Rabbia. Colpa. Era tutto lì che mi turbinava nel petto come una tempesta e si riversava fuori in un flusso di lacrime, scendendomi sulle guance fino a che non fui vuota ma calma, come il mare dopo una tempesta.

"Appartengo a Dax e lui appartiene a me," aggiunse Dax.

Ripetei quelle parole, troppo stanca per lottare contro di lui o contro il mio stesso desiderio. Ma le parole che disse dopo cambiarono l'umore della stanza da calmo a eccitante in un batter d'occhio.

"Dax è mio. Il suo cazzo è mio."

Quasi gemetti al suono torbido delle sue parole, con i pensieri che continuavano in un flusso di immagini di lui che mi scopava da dietro, proprio qui, in questo momento, in questo stupido piccolo ripostiglio. Ripetei le parole e gli schiaffi cessarono. Pensai che avesse finito, ma la sua mano afferrò la mia carne bollente per poi scivolarmi tra le gambe, sull'inguine, per esplorare il calore che sapevo avrebbe trovato. Ringhiò, quando le sue dita ricevettero un umido benvenuto.

"La mia figa appartiene a Dax."

Sussultai, quando mi infilò due dita dentro, poi ripetei le parole. Si accostò alla mia schiena così che la sua enorme mole mi premesse contro.

"Sei fradicia, compagna. Potrei scoparti subito. Proprio ora."

Le sue dita scivolarono dentro e fuori dal mio inguine vuoto, facendomi inarcare la schiena. Tutte le sue parole carnali mi avevano preparata. Quel bacio, le sue mani su di me, persino gli schiaffi mi avevano riempita di desiderio per lui. Sapevo che si sarebbe preso cura di me, che in quel momento non dovevo pensare a niente che non fossero le sue dita affondate dentro di me.

"Sei stata una brava ragazza ed hai preso bene la sculacciata. Ora puoi venire."

Emisi un gemito singhiozzante mentre mi scopava con le dita, usandone due per allargarmi e una per strofinarmi il clitoride. Mentre le lacrime mi si asciugavano, la mia mente estaticamente vuota per la prima volta dopo mesi, il mio corpo ebbe il sopravvento, bisognoso di sollievo. Bisognoso che Dax mi scopasse. Urlai forte, quando il primo orgasmo mi scosse dentro e fuori, con Dax che si muoveva così forte e così a fondo che i miei piedi si staccarono quasi dal pavimento. Era impossibile rimanere calma, quando le pareti della mia vagina erano totalmente in preda a spasmi attorno alle sue dita, avide di averne ancora. Le mie dita sudate scivolarono sul muro e Dax mi cinse la vita con il braccio libero, sollevandomi finché non fui sospesa a mezz'aria, con la schiena sul suo petto e le sue dita dentro di me.

Non aveva ancora finito con me, e in pochi secondi mi riportò al limite. Mi strinsi sulle sue dita mentre venivo. Anche dopo che le ultime ondate di piacere si furono placate, lui continuò a tenerle ferme ma ben in profondità. Il piacere e il dolore pungente si fusero e urlai ancora, con le lacrime che non avevo lasciato cadere per anni che si riversavano come acido sul mio corpo. Tirai fuori tutto: il dolore per la morte dei miei fratelli e poi per quella di mio padre, la paura di perdere Seth, la pressione dell'autorità, il senso di colpa per gli uomini che avevo perso in battaglia. Sembrava come se una vita di dolore compresso mi stesse esplodendo dentro.

Rimosse le mani da dentro di me e mi tirò tra le sue braccia, abbracciandomi strettamente. Non ricordavo l'ultima volta che ero stata abbracciata, l'ultima volta che ero stata tenuta per davvero. Certo, avevo fatto sesso prima d'ora, ma era stato senza emozioni, più uno sfogo che una vera e intima connessione. Mio padre mi aveva sempre tenuta a una certa distanza, perché non era un tenerone. Con tre fratelli più grandi e nessuna madre attorno non c'erano state emozioni o tenerezza in casa nostra. Era un'esistenza più alla *Il signore delle mosche*, in cui solo i forti sopravvivevano. Non ho mai rimpianto la mia vita o le mie decisioni. Ma essere lì tra le braccia di Dax mi faceva sentire stanca, esausta sia mentalmente che emotivamente, in un modo che mi ero sempre negata, in un modo in cui non era sicuro sentirmi.

Come aveva potuto un grosso bruto alieno venuto dallo spazio vedere attraverso la mia armatura – e non mi riferisco agli abiti da guerriero che indossavo – e sapere ciò di cui avevo più bisogno? Ero forte, forse troppo forte, ma gli ci erano voluti appena dieci minuti per sgusciarmi come un uovo.

Anche attraverso la piastra dura dell'armatura pettorale potevo sentire battere il suo cuore. Ero, per una volta, calma e notevolmente in pace. *Niente* mi sarebbe successo in quel momento. Ero al sicuro e la mia mente era tranquilla.

"Meglio?" chiese, una volta placatosi il mio eccesso di pianto.

"Meglio", risposi. Il mio corpo era molle e arrendevole, il sedere rosso fuoco e indolenzito. Ma mi sentivo come se qualcuno si stesse curando di me, *per* me. Non sapevo perché, ma quella sculacciata mi era servita. Analizzare le mie reazioni mi avrebbe semplicemente fatto impazzire, quindi mi rassegnai a capirle in seguito.

Mi irrigidii nella sua stretta e realizzai che avevo il sedere nudo. Mi tirai su i pantaloni e li abbottonai, rimettendomi di nuovo in sesto. Cercai di allontanarmi, con la vergogna che assalì la mia mente felice nel momento stesso in cui persi contatto con lui, ma lui mi fermò posandomi una mano sul mento e sollevandomi il viso per costringermi a guardarlo.

"Guardarti venire... è la cosa più bella che abbia mai visto." Il suo pollice mi accarezzò la guancia ed io non potei che avvicinarmi a lui mentre continuava. "Sei mia. Non sarai mai sola, non dormirai mai da sola, non combatterai mai da sola. Sei mia ed io non ti lascerò mai."

"Dax. Non posso pensare a questo ora. Non posso e basta. Devo salvare Seth."

"Salveremo Seth."

"D'accordo. Salveremo Seth." Per quanto detestassi doverlo ammetterlo, avere il suo aiuto era di grande sollievo.

"E poi verrai a casa con me e inizieremo una nuova vita."

Annuii, incapace di contraddirlo in quel momento. Tutte le mie mura meticolosamente costruite erano andate, abbattute dal mio nuovo compagno, con la sua forza e la sua volontà d'acciaio.

"Bene, perché desidero che i tuoi piccoli singhiozzi di piacere siano solo per le mie orecchie. Le pareti della tua figa mi hanno spremuto le dita, ma voglio sentirti venire sulla mia lingua. Voglio assaggiare la tua bocca e la tua figa. Voglio tenerti giù e riempirti con il mio cazzo fino a che non mi preghi per del sollievo, e voglio farti venire ancora e ancora finché non mi implori di smettere."

Porca miseria, questo sì che era eccitante. Dax era sfacciato e completamente spudorato nel suo desiderio di me. Non avevo mai provato qualcosa di così reale, di così intenso.

Sentivo il suo cazzo, duro e spesso, contro la mia pancia. "E... ehm... e tu come stai?"

Sollevai la mano e vidi una traccia di sangue rappreso che mi colorava la pelle, un ricordo di ciò che avevamo fatto quel giorno. "La febbre da accoppiamento potrebbe cogliermi da un momento all'altro. Quando arriverà, le mie azioni potrebbero essere al di là del mio controllo. Sappi solo che sei l'unica in grado di ammansirla. Lotterò per non prenderti se tu opporrai resistenza, ma la mia vita sarà nelle tue mani. *Tu* potresti dover prendere *me*."

Lo immaginai disteso sulla schiena mentre lo cavalcavo come una donna selvaggia, con il suo cazzo spesso in fondo a me, mentre strofinavo i fianchi contro di lui prendendomi ciò che volevo. Non riuscivo a scacciare l'idea di aver quel forte e potente signore della guerra disteso sulla schiena e stretto tra le mie cosce, tutto mio. Quando alla fine della frase aggiunse un sorrisetto malizioso capii che, sebbene fosse serio, stava anche flirtando. Questo grosso alieno spaziale ricoperto di sangue dell'Alveare stava davvero flirtando con me. Per una volta, non avevo la risposta pronta.

———

*Sarah*

UN SUONO MI SVEGLIÒ. Fissai l'oscurità cercando di capire cosa fosse stato, dove mi trovassi. Indossavo il solito top e pantaloncini, la mia normale tenuta da notte. Il letto era morbido e il costante ronzio dei sistemi di controllo della nave non mi lasciavano dimenticare che non mi trovavo più sulla Terra.

Eccolo, lo sentii di nuovo. C'era qualcuno nella stanza.

"Luci, metà potenza."

La stanza si illuminò.

Mi ritornò tutto in mente in un baleno. Ero in una siste-

mazione temporanea con il mio nuovo compagno, in attesa
che la tempesta magnetica passasse in modo da poterci teletrasportare. Nella stanza c'era solo un letto, nessun divano o
sedia, per cui lo dovemmo condividere. Non ero abituata a
dormire con un uomo – in genere i rapporti da una botta e
via non includevano il dormire insieme. Ma questa non era
un'avventura da una notte, questo era il mio compagno, e mi
ero addormentata con il suo corpo enorme avvolto protettivamente attorno a me. Se il letto era grande, lo era anche
Dax, e avevo rinunciato a protestare quando mi aveva tirato
a sé ed era scivolato nel sonno.

Ora, comunque, le coperte erano un groviglio selvaggio.
Ero a letto, ma Dax se ne stava seduto in un angolo del pavimento. Le sue mani erano chiuse in un pugno, il collo
arcuato, il petto luccicante di sudore.

"Non muoverti. Non sarò in grado di salvarti," ringhiò.

Fui attraversata dalla preoccupazione, ma restai immobile. "Cosa c'è che non va? Un incubo?" Conoscevo molti
combattenti che lottavano con gli incubi, per via degli orrori
della battaglia.

"La febbre. Non avvicinarti a meno che non vuoi che
vada fuori di testa e perda il controllo."

Mi ricordai della sua dimostrazione di forza, quando
aveva afferrato il soldato dell'Alveare e gli aveva staccato la
testa. Strinsi il labbro inferiore tra i denti e mi chiesi quanto
fosse pericoloso. "Pensi che mi farai del male?"

"Non so cosa farà la bestia, Sarah. Non ho mai avuto la
febbre da accoppiamento prima d'ora. Può sentirti, annu-
sarti. Ti vuole e tu sei lì," mi indicò, "in un letto, con indosso
solo un vestito striminzito e i capezzoli duri. Riesce a
sentirti..."

Chiuse gli occhi per non vedermi.

Non mi avrebbe fatto del male. Dentro di me lo sapevo. Non avevo idea da dove venisse quella consapevolezza, ma l'istinto mi diceva che non mi avrebbe fatto del male. Né ora né mai.

I pantaloni da notte di Dax erano neri e di un materiale sottile che non lasciava nascosto niente del profilo del suo pene. Tendeva i suoi pantaloncini e dimostrava che *tutto* di lui era enorme. Aveva detto che la febbre causava rabbia, collera e desiderio sessuale.

"Hai detto che è dovere di una compagna placare la bestia," risposi scivolando fuori dal letto e strisciando verso di lui. "E hai detto che avrei potuto cavalcarti, Dax. Me lo hai promesso."

Ogni linea del suo corpo era tesa, agitata da un'energia e da un bisogno insoddisfatti. Era come un modello, tutto muscoli ben definiti. Le sue ampie spalle si affusolavano in una vita stretta e in mezzo ai suoi capezzoli marroni una manciata di peli scuri si assottigliava continuando fino a sotto l'elastico dei pantaloncini. Non aveva una tartaruga di sei addominali, ma di ben otto. Non gli serviva un'armatura per essere duro come la roccia. E più in basso, Dio, più in basso il suo cazzo era come un martello sotto il tessuto dei pantaloni. Stavo fisicamente male, tanta era la voglia di toccarlo, di sentire la morbidezza della sua pelle, il suo calore, i riccioli dei peli sul suo petto. Lo spessore del suo cazzo. Il suo *sapore*.

"Non credo che tu possa placare questo, Sarah. Quando sono totalmente in preda alla febbre – ed ora non lo sono nemmeno – l'unico modo in cui posso essere calmato è scopare. Non una volta, non due. Ma ancora e ancora, fino a che non ho bruciato tutta l'energia inespressa, il bisogno."

Non avevo idea del perché avere Dax fuori controllo

fosse così allettante. Avrei dovuto avere paura, come mi aveva avvertita, ma non era così. Non dopo il modo in cui mi aveva vista prima. Mi aveva sculacciata e poi mi aveva fatta venire. Sebbene fosse stato autoritario, non era stato violento. Era stato... esilarante lasciargli finalmente il controllo una volta capito di non dover essere forte per lui.

Quindi, ora che lui stava cercando di essere forte per me, era il mio turno di dargli ciò di cui aveva bisogno. Ero *io* l'unica in grado di farlo.

"Allora, vuoi prendermi forte?" chiesi. La sola idea di farmi prendere da lui senza delicatezza mi faceva bagnare.

I suoi occhi erano sul mio corpo. Il mio top era piuttosto attillato e lasciava vedere chiaramente i contorni dei miei seni nudi, mentre strisciavo verso di lui con i capezzoli già duri.

"Sì." Strinse gli occhi, con le pupille così dilatate da farli apparire completamente neri.

"Vuoi farlo in modo selvaggio?" Mi avvicinai ancora. Forse eravamo davvero un abbinamento perfetto, perché non riuscivo a immaginare niente di più eccitante di Dax che perdeva il controllo, il che significava che volevo che fosse così.

"Sì." I palmi delle sue mani scivolarono sul pavimento, come cercando di afferrare qualcosa, qualunque cosa che non fossi io.

"Vuoi che ti porti oltre il limite?" Dal canto mio avevo bisogno di poco. Di venire giusto una o due volte.

"*Sì.*"

Mi sentii potente e attraente, e la mia figa gocciolava di desiderio. Il modo in cui mi aveva scopato con le dita era bastato a farmi venire, e a farmi volere di più. Ora lo volevo

tanto quanto lui. Avrei dovuto *scappare*, visto che non conoscevo sul serio quell'uomo. Stavo per fare sesso con uno
sconosciuto, un alieno sovradimensionato con una febbre da
accoppiamento che voleva scopare, scopare e ancora *scopare*.

Diamine, tutte le donne della Terra avrebbero ucciso per
poter essere me. Non potevo farmi sfuggire quell'occasione.
Le mie pareti interne si contraevano per il bisogno di essere
riempite dal suo enorme cazzo. Sbirciai e vidi come il
liquido preseminale usciva dalla punta bagnando il tessuto
attillato. Vedevo chiaramente il profilo dell'ampia cappella e
l'inizio di una grossa vena che correva per tutta la lunghezza
del pene.

"Devi prendermi tu, Sarah. Potrei farti male, se stai
sotto."

Gli occhi mi si riempirono di desiderio. Ero a gattoni
davanti a lui. "Vuoi che ti cavalchi?"

Non rispose con le parole, ma tirò l'elastico dei pantaloncini e li abbassò oltre il suo cazzo. Balzò fuori come una
molla ed io non potei che imprecare a quella vista.

"Porca miseria."

Era il cazzo più grande che avessi mai visto. Degno di un
pornostar. Di sicuro lo nascondeva bene nei pantaloni
dell'uniforme. Era spesso e molto duro, con la pelle tesa di
un colore rosa scuro, pieno di sangue. Del fluido trasparente
si stava concentrando sulla stretta fessura in cima. Dax ne
afferrò la base con la mano e iniziò a muoverla.

"Solo vedere che guardi il mio cazzo mi fa venire voglia
di venire."

Lo guardai, mentre pompava con il pugno, e giuro che il
suo cazzo divenne ancora più grande.

"Non sono sicura... non sono sicura che entrerà."

Mi rivolse un sorriso sofferente. "Togliti la maglietta, Sarah."

Alzai un sopracciglio, poi sorrisi. "Per volere che sia io a scoparti, sei piuttosto autoritario."

"Te la strapperei di dosso in appena tre secondi. Pensavo solo che vorrai qualcosa da indossare dopo che avrò finito con te."

Non aveva tutti i torti, e a giudicare da come teneva la mano libera stretta in un pugno, non dubitai che avrebbe strappato il colletto della mia maglietta e lacerato il tessuto.

Seduta sui talloni, sollevai la maglietta oltre la testa, lasciandomi ricadere i capelli sulla schiena.

Mi spostai per sfilarmi i pantaloncini. Quando li feci cadere sulla maglietta, Dax emise un rantolo.

Mi inginocchiai davanti a lui indossando solo le mutandine. Non sapevo se le donne di Atlan indossassero o meno le mutandine, ma dal momento che venivo dalla Terra, erano parte della mia uniforme. Erano tutte bianche, per niente attraenti o sexy, ma per il modo in cui Dax mi stava guardando era come se fossero fatte del raso e del pizzo più delicati.

I capezzoli mi si inturgidirono sotto il suo sguardo.

"Toccati. Fammi vedere cos'è che ti piace," ringhiò con gli occhi incollati ai miei seni.

Mi misi una mano sulla pancia e i suoi occhi si abbassarono. La mossi in su, prima su di un seno e poi sull'altro. Anche se era bello vederlo seguire con gli occhi la mia mano, quello che volevo era il *suo* tocco.

Scosse lentamente la testa. "Non lì. Più giù."

Il mio clitoride pulsò, d'accordo con lui.

Riportai la mano verso il basso e poi sotto le mutandine, e mi strofinai il clitoride con le dita. Era gonfio, così gonfio che solo accarezzarlo mi fece spalancare la bocca e chiudere gli occhi.

"Tieni gli occhi su di me, Sarah." La sua voce era un oscuro ruggito.

Lo guardai e vidi il bisogno selvaggio, il calore, il desiderio.

"Sei bagnata?"

Mi morsi le labbra e feci di sì con la testa; l'essenza appiccicosa non solo copriva le labbra, ma ora anche le punte delle mie dita.

"Fammelo vedere. Dimostrami che sei pronta per il mio cazzo. Che lo vuoi."

Sollevai la mano e gli feci vedere il bagnato che mi copriva le dita. Ringhiò, allentando il suo autocontrollo e afferrandomi il polso per portarmi vicino a lui. Gli misi una mano sulla spalla per mantenere l'equilibrio ed allargai le ginocchia.

Si mise le mie dita in bocca e ne succhiò il succo appiccicoso. Era la cosa più erotica di sempre.

"Dax," mugolai il suo nome, chiedendomi come sarebbe stato avere quella bocca sulla mia figa.

"Sei dolce," disse. "Ora, Sarah. Dobbiamo farlo ora. Sapere che anche tu lo vuoi mi rende ancora più difficile controllarmi. Se la bestia scappa, non si fermerà."

Lasciò la presa sulla mia mano ed io la misi sull'altra spalla. Sebbene fosse visibilmente in preda alla febbre, aveva aspettato che io fossi pronta per lui, che la mia vagina fosse abbastanza bagnata da poter ricevere il suo grosso uccello. Persino adesso, con la febbre, mi aveva assicurato che non mi avrebbe fatto male.

Appena ebbe steso le gambe, mi ritrovai immediatamente a cavalcioni su di lui. Sollevando le mani fino ai miei fianchi, strinse le dita sui lati delle mie mutandine e tirò strappandomele di dosso. Ero completamente esposta, completamente nuda.

Muovendo le ginocchia in avanti mi posizionai in modo da trovarmi direttamente sopra il suo cazzo. Lentamente, con cautela, mi abbassai fino a che la sua punta arrotondata non incontrò la mia figa.

Sibilò ed io gemetti. Le sue mani mi afferrarono saldamente i fianchi. Mi avrebbero di sicuro lasciato dei lividi l'indomani.

"Ora, Sarah. Cazzo. Ora."

Allungando una mano fino al mio inguine, allargai le labbra della mia figa attorno a lui e mi abbassai sulla sua grossa cappella. Era così grande che mi morsi le labbra per la sensazione di dolore pungente di essere allargata e riempita così. Era passato molto tempo dall'ultima volta che ero stata con qualcuno, e lui non era un uomo nella media.

Mi aggrappai alle sue spalle. Stava guardando giù tra le mie gambe; abbassai la testa per vedere cosa stesse guardando. Un poco alla volta, il suo cazzo stava sparendo dentro di me. Era così eccitante vederlo mentre ne prendevo sempre di più.

Facendo respiri profondi cercai di rilassarmi e lasciare che la gravità mi aiutasse. Piegando le ginocchia creò un supporto nel quale potevo sedermi, un sostegno a cui appoggiarmi. Mentre usavo le sue cosce per fare leva, l'angolazione del mio corpo cambiò leggermente, e lui affondò dentro di me in un unico, fluido movimento, senza lasciarmi il tempo di sistemarmi. Tutto d'un tratto ero semplicemente piena. Troppo piena.

Urlai forte, con la fronte sul suo petto, cercando di respirare, contorcendomi su di lui e cercando di allontanarmi. "È troppo. Sei troppo grande."

Mi calmò cingendomi la schiena con la mano e tenendomi ferma. "Prenditi un minuto per abituarti. Sei perfetta per me. Vedrai. Anche solo stare dentro di te mi aiuta. Non ti farò male. Te lo prometto. Sono grande, e la tua figa è così stretta. È così bagnata e vogliosa di me. Stringiti su di me. Sì, così."

Mentre continuava a parlare mi rilassai, abituandomi alla sensazione di enormità. Non avevo *mai* avuto dentro un cazzo così grande. Non avevo dubbi che non appena avessi iniziato a muovermi non sarei più andata bene per gli altri.

All'improvviso mi venne voglia di sollevarmi per muovermi su di lui. Restare ferma era una tortura. Mi mossi all'indietro e poi di nuovo giù, facendo rantolare Dax.

"Di nuovo."

Lo feci ancora. E ancora.

"Non fermarti."

Non c'era bisogno di dirmelo, perché non avevo alcuna intenzione di fermarmi. Iniziai a cavalcarlo con tutta me stessa, sollevandomi e tornando giù con forza; ogni volta che mi muovevo, il mio clitoride gli strofinava contro. Lasciai cadere la testa all'indietro con abbandono, sapendo che non mi avrebbe lasciata andare, che non avrebbe fatto niente se non lasciarsi scopare fino a che non fossi venuta e non l'avessi fatto venire.

I miei seni sobbalzavano e oscillavano mentre mi muovevo, ma non m'importava. Sapevo che poteva sentire la tenera carne dei miei fianchi sotto le sue dita, ma non m'importava. Non m'importava di niente.

Non ero mai stata così eccitata, così bramosa di qualcuno prima di allora. Di solito avevo bisogno di un sacco di preliminari anche solo prima di prendere in considerazione l'idea di scopare. Con Dax mi era bastato sentire la sua voce e vedere il suo cazzo per farmi bagnare completamente.

"Sto per venire," urlai muovendo i fianchi in modo circolare su di lui.

"Brava ragazza. Vieni per me. Vieni per il tuo compagno."

Venni urlando, e il piacere mi fece formicolare le punte delle dita e intorpidire quelle dei piedi. I miei muscoli tesi fremevano e il sudore mi esplodeva fuori dalla pelle. Non ero mai stata così vulnerabile; riuscivo a sentire le mani di Dax che mi tenevano stretta e il calore e la solidità sotto di me.

Quando ripresi fiato e aprii gli occhi, realizzai che Dax era rimasto a fondo dentro di me, ancora duro. Mi sorrise. "Sei bellissima quando vieni."

Arrossii per il suo complimento.

"La febbre si è un po' calmata," sospirò. Non sembrava, guardandolo. Le sue mani erano ancora aggrappate ai miei fianchi, i tendini del suo collo erano ancora rigidi e il suo cazzo non si era affatto rimpicciolito.

Mi accigliai. "Ma... ma tu non sei venuto."

"Mi basta essere dentro di te per stare meglio. Vederti venire mi ha fatto stare *decisamente meglio*. Non ho mai avuto la febbre prima, per cui sto imparando anch'io. Non avere paura, ho di nuovo il controllo."

"Non voglio fermarmi." Potevo cavalcarlo ancora, scoparlo fino all'orgasmo. Potevo venire di nuovo. Volevo venire di nuovo, come una vera sporcacciona. Ne volevo ancora. "Io... io non voglio che tu abbia il controllo."

"Hai fatto bene il tuo lavoro da compagna, calmando la mia bestia." Alzò le mani per racchiudere i miei seni, strofinandomi i capezzoli con i pollici, mentre mi sporgevo abbandonandomi al suo tocco; un fuoco mi attraversava dai seni fino al clitoride. "Ora ti scoperò *io*. Ma prima, voglio assaggiarti."

Prima che potessi rispondere, mi sollevò liberando il suo cazzo. Si spostò piazzandosi con la schiena contro il pavimento duro. Invece di trovarmi a cavalcioni sul suo bacino, stavo cavalcando la sua... faccia.

Lo guardai tra le mie gambe vedendo il luccichio dei suoi occhi e un sorriso malizioso sulle sue labbra.

"Dax," dissi senza fiato.

"Posso ancora sentirti sulla lingua da quando prima ti ho leccato le dita. I tuoi umori placano la mia febbre. È come una medicina. Me ne serve ancora."

Smise di parlare, mi afferrò i fianchi e mi fece abbassare in modo da stare praticamente seduta sul suo viso.

Non avevo niente a cui aggrapparmi e ricaddi in avanti sbattendo le mani contro il muro. Guardai la testa scura di Dax e la sua lingua che mi sbatteva sul clitoride, prima che lo prendesse in bocca e lo succhiasse. Avevo ragione. La sua lingua era molto meglio delle mie dita.

"Ora verrai per me e poi ti scoperò."

La sua voce era attutita dalle mie cosce. Ne baciò una e poi la mordicchiò facendomi sussultare. Era autoritario, ma non me ne fregava nulla. Apparentemente, ricevere l'ordine di venire, da un uomo che aveva la bocca sulla mia figa, rendeva trascurabile la questione dell'autorità.

"Va bene," dissi. Quale donna avrebbe rifiutato un altro orgasmo?

Mi abbandonai, perché l'unica alternativa che avevo era arrampicarmi lontano da lui, ma non sarebbe successo. Era un abile amante, e brandiva la lingua come un vero artista.

Il mio clitoride era già sensibile e i leggeri colpetti che mi dava con la lingua, il modo in cui succhiava, mi portarono al limite e oltre in un batter d'occhio. Mi lasciò molle e col fiatone, sudata e soddisfatta.

"Il cazzo. Voglio il tuo cazzo," ammisi.

Come se fossi stata una bambola, mi sollevò con facilità e mi portò a letto. Mi mise sullo stomaco e poi mi fece inginocchiare. Avevo la guancia sulle fresche lenzuola e il sedere per aria.

Sentii la pressione del suo cazzo sulla mia figa. Lo strisciò su e giù sulla pelle gonfia e appiccicosa.

"È questo che vuoi?"

Afferrai le lenzuola e lo guardai da sopra la spalla. I pantaloni non c'erano più e potevo vedere le sue gambe. Una muscolatura massiccia si estendeva per tutta la sua enorme stazza. Dei fianchi magri e una vita stretta si allargavano in un ampio e solido torace. Era come il David di Michelangelo, se fosse stato un uomo dello spazio.

Mi protesi all'indietro verso il suo cazzo, volendolo dentro di me, senza nessuna voglia di aspettare. "Sì."

La grossa cappella premette contro la mia morbida carne e contro il mio ingresso posteriore, dove niente era mai stato. "Qui, Sarah. Quando avrò il pieno controllo, vorrò prenderti qui. La bestia avrà il controllo della tua figa. Penserà solo a fecondarti, a legarti per sempre ad essa." Accarezzò il mio buco di dietro con un pollice, provocandomi con i suoi pensieri erotici. "Ma io vorrò esplorare tutto di te, compagna. Ogni centimetro del tuo corpo sarà mio, e lo assaggerò, lo possiederò e lo scoperò." Mi scivolò dentro in un unico colpo veloce e deciso, ed io mi contrassi pensando a quanto sembrava grande sentendolo nella vagina. Non riuscivo a immaginarlo che mi prendeva in un posto così intimo.

"Non ho... non ho mai...", ammisi.

"Voglio tutto di te." Si sporse sulla mia schiena fino a che la sua bocca si fermò dietro il mio orecchio, coprendomi mentre il suo cazzo pompava dentro e fuori il mio corpo. "Sei mia."

"Sì."

Uscì da dentro me e camminò fino al muro. Mi riposai con la guancia sul lenzuolo e cercai di ignorare la sensazione di vuoto che avevo nella vagina, cercando di non pensare a quanto maledettamente volevo che tornasse dentro di me per farmi venire ancora.

Eppure, questa visuale aveva i suoi vantaggi. Stavo ammirando ciò che era mio, i muscoli del suo sedere perfetto che si flettevano e contraevano mentre camminava.

"Cosa fai?" chiesi. Non voleva finire? Aveva terminato?

"Mi ero dimenticato che non provieni dal mio stesso mondo e che non sei preparata per un amante atlaniano."

Corrugai la fronte.

"Le femmine atlaniane vengono istruite su come dare piacere a un compagno sin dal loro diciottesimo compleanno. Per essere pronte alla febbre da accoppiamento. Per prepararle all'arte di scopare. Scopare in tutti i modi."

"Intendi..."

Premette un paio di pulsanti su un'unità a muro e tornò con una piccola scatola. La posò accanto a me sul letto e la aprì.

Spalancai gli occhi vedendo un vibratore anale. Non mi ero mai infilata niente lì dentro, ma ciò non significava che non sapessi cosa fosse.

"Tutti i modi, Sarah. Figa, bocca e culo. Hai mai succhiato un cazzo?"

Tirò fuori un tubetto di qualcosa che sembrava lubrificante.

"Sì," risposi, ma non un cazzo così grande. Di sicuro non sarei riuscita a prenderlo tutto. Nemmeno una pornostar avrebbe potuto.

"E il tuo culo? È vergine, Sarah?"

Spremette un grumo del lubrificante sopra il vibratore. Era più piccolo del suo cazzo, ma avevo dubbi sulla sua capacità di entrare nel mio sedere. Mi sollevai sui gomiti.

"Torna giù, per favore. È il momento di preparare questo fantastico buchetto. Sono temporaneamente calmo, ma non voglio comunque rischiare di farti male. Voglio darti solo piacere." Separò con una mano una natica dall'altra, spalancandomi il sedere. "Per il modo in cui reagisci a me, non dubito che adorerai prendere il mio cazzo in fondo al culo."

Arrossii, sapendo che poteva vedere ogni parte di me. "Disse l'uomo che non doveva prendere quell'affare nel sedere," brontolai.

Lo sentii ridere, ma non si ammorbidì. Sentii la punta dura e scivolosa del vibratore sul mio ingresso posteriore.

"No, disse l'uomo che stava preparando il culo della sua compagna per il suo cazzo e che, se avesse fatto la brava ragazza, l'avrebbe scopato a lungo e con forza. Quante volte puoi venire in una notte, Sarah?"

Trasalii, quando iniziò a spingermi dentro il vibratore. Non faceva davvero male, ma era molto, molto strano.

"Oh, uhm. Di solito due, magari tre, se mi tocco."

Continuò a inserire il vibratore dentro di me, allargandomi sempre più.

"Dax!" urlai, ma a quel punto era entrato, il mio sedere

stretto attorno ad esso. Riuscivo a sentirne l'ampia base premermi contro il culo.

"Fantastico." Passò un dito sulle labbra della mia figa. "Sei così bagnata. Ti piace. Sono lieto che tu abbia ceduto, che il tuo corpo accetti ciò che ti do."

"Se sei tu che comandi, allora scopami subito."

Toccò la base del vibratore e questo prese vita. Cristo, stava vibrando. Dei nervi che non sapevo nemmeno di avere presero vita allo stesso modo e mi inarcai sul letto.

"Vedi? I vantaggi di una femmina atlaniana. Ce ne sono molti, e non vedo l'ora di mostrarteli tutti."

Sì, questo era un vantaggio che mi piaceva decisamente.

Iniziai a contorcermi sul letto, con le morbide coperte che mi rasentavano i capezzoli.

Il mio clitoride era gonfio, e lo strofinai sul materasso. Non potevo controllare il piacere intenso che proveniva dal mio sedere. Porca miseria, stavo per venire in quel modo. "Dax!"

"Mi hai scopato, Sarah. Ora tocca a me scopare te. Lo prenderai. Mi prenderai tutto e lo adorerai. Di' le parole."

Adoravo i suoi modi autoritari, eppure non mi avrebbe mai presa senza il mio consenso. Mi poteva infilare un vibratore nel culo, ma non mi avrebbe scopata fino a che non lo avessi accettato. Non si sarebbe mai allontanato da me, se non lo avessi voluto io. Persino con il suo bisogno di accoppiarsi – come diceva lui – per placare la febbre, si stava assicurando che fossi nello stato mentale giusto.

"Lo voglio. Dio, ti prego, ne ho bisogno," gemetti, disperata e col fiatone. "Non puoi lasciarmi così!"

Lentamente, ma con un unico colpo, entrò dentro me. Arrivò fino in fondo ed io gettai la testa all'indietro per l'incredibile sensazione del suo cazzo e del vibratore che mi riempivano. Ero stata già riempita prima, quando ero su di lui, ma in questa angolazione la penetrazione era molto più profonda. Il vibratore era inserito strettamente e le sue vibrazioni rendevano tutto così fottutamente intenso. Era *così* bello.

Iniziò a muoversi, scivolando dentro e fuori al suo ritmo, nel modo in cui voleva. "Vedi, Sarah, ti piace quando comando io. Controllo la tua figa. Controllo il tuo culo. Verrai per me, ancora e ancora. Due volte non sono abbastanza. Torcerò ogni briciola di piacere dal tuo corpo e tu me la darai."

Mi strinsi su di lui digrignando i denti.

La sua mano mi piombò forte sul sedere. Il rumore dello schiaffo riempì la stanza.

Venni lanciando un urlo. Le vibrazioni, il suo cazzo affondato dentro di me e lo schiaffo pungente sul culo mi spinsero oltre il limite. Mi strinsi sul suo cazzo spremendolo, bramosa di spingerlo ancora più a fondo.

Sporgendosi su di me, appoggiò il petto sulla mia schiena e mi mise una mano accanto alla testa. "Posso fare tutto ciò che voglio, e tu ti sottometterai. Perché?"

I suoi fianchi continuarono a stantuffare dentro e fuori di me, mentre lui proseguiva con la pornografia verbale. Stavo per venire di nuovo solo sentendo le sue parole.

"Perché vuoi che ti prenda. Hai bisogno che abbia io il controllo. Hai bisogno di sottometterti tanto quanto io ho bisogno di dominare. Non hai idea della prossima cosa che farò, ma la vuoi lo stesso. Siamo perfetti l'uno per l'altra."

"Sì!" urlai quando allungò una mano, mi prese il clitoride tra le dita e lo pizzicò.

I suoi fianchi abbandonarono il ritmo misurato e iniziò a scoparmi con tutto sé stesso. Forte, rozzamente. A piccoli colpi. Col fiato grosso. Venni di nuovo, pulsando attorno al suo cazzo. Una volta, due volte, mi riempì e poi mi morse la spalla mentre veniva, trattenendo un rantolo e riempiendomi di seme caldo. Il leggero dolore del morso mi spinse in un altro potente orgasmo. Collassai sul letto e Dax uscì abbandonandosi accanto a me. Il letto sobbalzò ed io rotolai su di lui. Sentii una leggera pressione sul vibratore e le vibrazioni si fermarono.

Gemetti per i residui della sensazione di essere completamente dominata, scopata, soddisfatta. Eravamo sudati e appiccicosi e il suo seme stava scivolando fuori da me. I miei capelli erano un groviglio selvaggio ed io ero esausta, con il corpo ipersensibile.

"Si è placata la febbre?" chiesi assonnata poco dopo.

"Mmm," disse. "No. Ma ho di nuovo il controllo. Per ora. La bestia tornerà, quando sarà il suo turno di scoparti."

"Che significa, Dax?"

Sospirò, poi si girò di lato in modo da accarezzarmi con la sua enorme mano, dalla coscia fino alla spalla e indietro, soffermandosi su tutti i punti sensibili in mezzo. "Hai mai visto un atlaniano in forma bestiale?"

"No." Mi rilassai sotto il suo tocco, appagata e senza parole, mentre la sua calda mano mi rasserenava. "Forse ho visto qualcosa quando eri sulla nave cargo, ma non ne ero sicura."

"Sì." Mi pizzicò un capezzolo ed aprii gli occhi per trovarlo che mi guardava. "Cos'hai visto?"

Era difficile parlare con lui che pizzicava con le dita il mio capezzolo duro, tirandolo e giocherellandoci, ma ci provai, troppo appagata per resistere. "Sembravi più grande, come cresciuto. Avevi anche il volto più arcigno, come un guerriero prilloniano, più affilato, in qualche modo."

La sua mano passò dal capezzolo alle pieghe umide della mia figa. Quando strinsi le gambe, lui si avvicinò e mi morse la spalla. "Apriti per me. Ora. Voglio sentire il mio seme nella tua figa. Voglio toccarti."

Santo cielo, il rantolo era tornato. Il Neanderthal. Voleva spalmarmi il suo seme addosso? Sentire il suo dominio, quando mi era già venuto dentro appena un momento prima? Bene. Mi aveva già vista, toccata, assaggiata e scopata in ogni modo. E il vibratore mi stava ancora riempiendo il sedere.

Allargai le gambe e le sue dita andarono a fondo; il calore dei nostri fluidi combinati gli fece uscire fuori un ringhio profondo, mentre mi riempiva con due dita e poi spalmava il suo seme sulle labbra della mia figa e sulle mie cosce.

"Quando un atlaniano si trasforma in bestia, i suoi muscoli possono aumentare della metà le loro dimensioni. I denti sembrano allungarsi perché le gengive si ritraggono, e la sua mente divampa del fuoco della battaglia. A parte durante l'accoppiamento, quel fuoco arriva quando è minacciato, in battaglia o quando deve difendere la sua compagna."

Mi strofinò pigramente il clitoride con il pollice e i miei fianchi sobbalzarono involontariamente. "Ti sei trasformato perché c'ero io lì?"

"Sì."

Fissai il soffitto cercando di dare un senso alla mia nuova vita, mentre lui continuava a giocare con il mio corpo riportandomi lentamente in vita e facendomi di nuovo desiderare il suo cazzo. Dio, la sua bestia mi avrebbe scopata? Quell'enorme bestia mastodontica che aveva staccato senza il minimo sforzo la testa ai soldati dell'Alveare? Cosa significava essere scopata da una bestia? E perché l'idea mi faceva venire voglia di incrociare le gambe e stringerle per combattere il crescente calore nel mio corpo? La mia piccola vagina cattiva voleva il cazzo della bestia, voleva che il mio nuovo amante perdesse un po' il controllo.

"Sembra che i miei istinti riproduttivi abbiano decisamente fatto effetto."

Troppo imbarazzata per i miei pensieri, non aprii gli occhi quando chiesi: "Di che istinto si tratta?"

"Mi sento come dopo aver vinto una battaglia, guardando il mio seme che scivola fuori dalla tua figa gonfia e scopata a dovere. Vedendo il vibratore che prepara il tuo culo per me. I tuoi occhi sono vitrei e il tuo corpo molle, e vorrei battermi i pugni sul petto e ruggire, sapendo di averti soddisfatta completamente, sapendo che il mio cazzo ti ha riempita tanto da farti sentire la mia dominazione fino al giorno dopo."

"Meraviglia delle meraviglie, l'ego maschile è lo stesso da tutte le parti," risposi, troppo appagata per offendermi. "Sulla terra si chiama *essere un cavernicolo*."

Ringhiò ed io spalancai gli occhi, mentre mi bloccava sotto di sé con il cazzo che scivolava in un unico colpo nella mia figa ancora gocciolante. Mi bloccò le mani sopra la testa e mi scopò lentamente, trasformando il leggero bruciore in una fiammata, ed io gli cinsi i fianchi con le gambe, mugolando. Il suo sguardo era intenso e concentrato, osservava ogni movimento delle mie palpebre, ogni singolo respiro che esalavo mentre mi prendeva, mi possedeva, mi scopava. Con lo sguardo fisso sul mio, spinse più forte e disse "E tu ce l'hai un cavernicolo sulla Terra, mia Sarah?"

Presi in considerazione l'idea di provocarlo, ma ci ripensai subito, quando uscì fuori per poi ripiombare in fondo con violenza, facendomi spostare sul letto per la forza della spinta.

"No. Sei l'unico cavernicolo che ho."

Ringhiò, le sue parole appena riconoscibili. "Sei mia."

*Spinta.*

"Mia."

*Spinta.*

Mi scopò fino a che non ebbi il bisogno disperato di venire, fino a che un *per favore* non mi uscì dalla bocca.

Restò perfettamente fermo con il cazzo in fondo a me ed aspettò che lo guardassi negli occhi. "Di' il mio nome, Sarah."

"Dax."

La mia ricompensa fu un potente colpo dei suoi fianchi che mi fece sussultare. Si fermò per raggiungere il vibratore che avevo nel culo e rimetterlo in funzione.

"Il mio nome?"

Oh, Dio. Dovevamo giocare a questo gioco?

Cercai di sollevare i fianchi; lui mi bloccò al letto con il suo enorme peso. Le mie braccia erano fissate sopra la testa, i seni protesi e in bella mostra per il suo piacere. Non avevo alternative.

"Il mio nome?"

"Dax."

A quel punto si mosse. La mia ricompensa. Il suo cazzo enorme mi allargò premendo contro tutte le pareti della mia figa, colpendo quel punto speciale che mi faceva perdere la testa. Non doveva chiedermelo di nuovo.

"Dax. Dax. Dax."

"Brava ragazza." Sorrise e mi diede ciò che volevo. Prima di finire con me, il suono del suo nome riempì di nuovo la stanza, come un canto.

## 8

## *D* *ax*

"LE COORDINATE per la posizione del Capitano Mills sono inserite." Uno degli addetti al teletrasporto passò le dita sopra un tablet e poi mi guardò, dal basso verso l'alto, poiché non era molto alto.

Ci volle un momento per realizzare che non si stava riferendo a Sarah ma a suo fratello, Seth. Sarah non faceva più parte della flotta della coalizione, adesso era mia. Dovevo solo recuperare suo fratello e portarli entrambi via vivi.

Il Comandante Karter si era rivelato una persona abbastanza decente, permettendoci di tenere le nostre uniformi corazzate. Ci aveva anche dato delle pistole a ioni.

"Se muore, non potrà cambiare idea e tornare a combattere," aveva detto a Sarah. Probabilmente non avrebbe potuto essere più sentimentale di così, ma fui grato che lei fosse ben protetta per qualunque cosa avessimo dovuto affrontare. Dal canto mio avevo l'aiuto della mia bestia. Se un combattente dell'Alveare si fosse avvicinato a Sarah, sarei sicuramente esploso e l'avrei ucciso a mani nude. Avevo anche un'arma, ma dubitavo che l'avrei usata.

Persino con di nuovo indosso l'armatura le sue curve non potevano venire nascoste, almeno non a me. Forse le notavo di più perché sapevo esattamente che aspetto aveva il suo seno, la sensazione che aveva nelle mie mani, il sapore dei suoi capezzoli. I suoi fianchi sembravano più rotondi, ma era perché sapevo quanto fossero stati morbidi sotto le mie mani, mentre veniva sul mio cazzo. Non era neppure la febbre da accoppiamento a farmi vedere Sarah con quel malcelato desiderio. Ero semplicemente un uomo che ammirava una donna attraente e desiderabile.

"Signore della guerra, l'ultima posizione conosciuta dell'Ufficiale Mills è a bordo di una nave da trasporto dell'Alveare. Riceviamo segnali da diversi altri combattenti della coalizione provenienti dallo stesso luogo, il che ci porta a credere che si tratti di un nave di detenzione o di trasporto diretta a un centro di integrazione."

"Ho sentito dei centri di integrazione," risposi, affatto propenso a parlare ad alta voce di quello che l'Alveare faceva ai prigionieri in quel posto: li rendeva parte della comunità, impiantava loro della tecnologia sintetica che avrebbe assunto il controllo sia dei loro corpi che della loro volontà. Li rendeva schiavi. Sarah serrò la mascella ed io le vidi negli occhi tutta la preoccupazione per suo fratello. Il minimo segno di paura in lei faceva scomparire tutto il desiderio.

"In che direzione viaggia la nave?" chiese Sarah.

L'ufficiale spostò lo sguardo su Sarah, sorvolando il suo

seno, e poi lo riportò su di me. "Sono diretti fuori dal sistema, verso il Settore 438, signore della guerra."

Vidi Sarah stringere gli occhi per quella sfacciata mancanza di rispetto.

Indicai la mia compagna. "È stata lei a fare la domanda."

"Sì, ma *lei* non fa più parte della flotta della coalizione."

Sarah non mostrava evidenti segni di irritazione, a parte il fatto che muoveva nervosamente le punte dei piedi. Io, però, sentivo crescermi dentro una rabbia molto simile alla febbre da accoppiamento. Questo... ufficiale stava trattando con superiorità Sarah, la mia compagna, e le stava mancando di rispetto.

"Nemmeno io," ribattei.

"Se la nave si sta dirigendo verso il 438, allora è diretta verso lo spazio controllato dall'Alveare. Una volta arrivata l'avremo persa. Non abbiamo molto tempo per salvarli." Sarah ignorò il maschilista dietro ai controlli del teletrasporto e parlò solo a me.

L'ufficiale spalancò la bocca, per poi richiuderla con un sonoro scatto all'affermazione di Sarah.

"Ufficiale addetto al teletrasporto... Rogan." Lanciò un'occhiata alla targhetta col nome sulla sua uniforme. "Quando effettuerà il teletrasporto, per favore, cambi le coordinate da quelle dell'esatta posizione del Capitano Mills a due piani più giù."

L'ufficiale aggrottò la fronte. "Due piani più giù?"

"Probabilmente tengono mio fratello e gli altri prigionieri nel settore di detenzione, e non vogliamo essere teletrasportati in una cella di contenimento. Non vogliamo neanche teletrasportarci direttamente di fronte all'Alveare. Il settore detentivo si trova sul livello cinque della nave diretta al centro di integrazione. Due piani più giù si trovano gli approvvigionamenti, cosa che saprebbe se fosse mai stato in una missione di ricognizione su un velivolo dell'Alveare. Il quinto livello è automatizzato e, solitamente, non è gestito dal personale dell'Alveare.

Alzò un sopracciglio scuro, sfidando l'uomo a contraddirla.

"È esatto?" chiesi con il tono che utilizzavo, quando ero al comando di una brigata atlaniana.

L'uomo si irrigidì e mi guardò. "Esatto. L'Alveare usa dei robot per gestire gli approvvigionamenti," rispose.

"Allora, faccia quanto l'*ex* Capitano Mills ha ordinato."

Il suo piano era sensato. Ero preparato a combattere l'Alveare non appena avveniva il teletrasporto, proprio come avevo fatto quando ero stato mandato da Sarah. Né l'ufficiale addetto al teletrasporto, il Comandante Deek, né io avevamo considerato in cosa mi sarei teletrasportato, quando mi avevano inviato dalla mia compagna. Nessuno di noi pensava che proprio in quel momento lei si trovasse in una battaglia. Era stato un errore tattico, poiché avevo messo in pericolo la squadra di Sarah e causato la cattura di Seth Mills.

Se avessi avuto il giudizio che aveva appena avuto Sarah, valutando non la posizione esatta del bersaglio, ma un posto sicuro per il teletrasporto, ora non staremmo partendo per questa rischiosa missione di salvataggio.

Eravamo solo io e lei, eppure lei ragionava ancora come un vero guerriero, ed io provai qualcosa che non mi aspettavo di provare riguardo alle abilità di combattimento della mia compagna... orgoglio.

"Sì, signore della guerra."

L'addetto al teletrasporto passò le dita sul tablet una volta, poi un'altra, e poi guardò Sarah. "Pronti?"

Lei annuì e mi prese la mano. Non ebbi il tempo di pensare a quel gesto, perché in un battito di ciglia non eravamo più sulla nave, ma in una stanza scarsamente illuminata e piena di scatoloni. Il profondo ronzio dei macchinari era costante, molto più rumoroso e profondo della normale cadenza del sistema di controllo di una nave. Immediatamente Sarah si accucciò. Per un breve momento la immaginai che mi apriva i pantaloni e mi prendeva il cazzo in bocca. Dovevo ancora scoprire quanto fosse brava a succhiare il cazzo, ma potevo solo immaginare che fosse tanto vorace e bramosa quanto lo era a scopare. Il pensiero della sua lingua che colpiva la mia cappella rossastra mi fece pulsare l'uccello nei pantaloni. Dovetti respingere il pensiero della sua bocca che succhiava dolcemente. Mi inginocchiai accanto a lei e mi concentrai sulla nostra missione.

"Non sappiamo se l'Alveare monitora questo livello o se c'è qualche tipo di sensore di movimento per individuare forme di vita," disse con voce calma e uniforme.

Era concentrata, sebbene dubitai che lo sarebbe stata altrettanto, se avesse ancora avuto quel vibratore nel culo. Dio, vedere quel buchetto allargarsi attorno al vibratore mi faceva...

"Resta qui, indagherò," disse mentre iniziava a muoversi.

*Concentrati!*

Ero abituato all'approccio "carica e conquista" durante i combattimenti. Una brigata di combattenti atlaniani era una forza che nemmeno l'Alveare avrebbe potuto fronteggiare. Ma Sarah non era di Atlan, e dovevo continuamente ricordare a me stesso che in quel momento erano la pazienza e la tattica le cose necessarie, non la forza.

La fermai afferrandole una spalla. "Lo faremo insieme." Sollevai un polso. "Ricorda, non possiamo separarci."

"E se veniamo catturati?" chiese.

Strinsi la mascella. "Non ci cattureranno."

"La prima unità dell'Alveare che vedremo... la immobilizzerò e prenderemo le loro pistole e dispositivi di comunicazione."

"E poi?" La studiai, abbastanza furbo da capire che adesso ci trovavamo nel suo territorio. Non avevo mai messo piede su una nave così piccola prima di raggiungere questo settore. Non sarei sopravvissuto a un decennio di battaglie, se avessi ignorato le conoscenze o l'esperienza dei miei combattenti migliori.

"Di solito tutte le navi dell'Alveare sono dotate di ascensori, ma ci sono anche dei tunnel di accesso. Io dico di usare i tunnel. Avremo più probabilità di coglierli di sorpresa."

"Andata."

Annuì e tornò a farsi strada tra gli scatoloni.


*Sarah*


SETH SI TROVAVA su questa nave detentiva. Così come altri uomini, uomini che non meritavano il destino che c'era in serbo per loro. Se tutto fosse andato per il meglio, li avremmo salvati tutti in tempo. Seth sarebbe già stato modificato? Avrebbe avuto la pelle metallica e gli occhi argentei di un cyborg senz'anima? Avrebbe avuto degli accessori esterni collegati a gambe e braccia? Gli avrebbero rasato la testa? Iniettato impianti microscopici nei suoi muscoli per renderlo più forte e più veloce di qualsiasi altro essere umano? Avrebbe ancora avuto l'aspetto di mio fratello?

Non importava. Fin tanto che fosse stato vivo non m'importava che aspetto aveva.

Dax fece strada, facendomi da parte quando prendevo l'iniziativa. Sì, era un cavernicolo, ma in quel momento aveva due cose che mi impedivano di prenderlo a schiaffi: la capacità di staccare le teste dei soldati dell'Alveare senza il minimo sforzo, e un sedere davvero niente male. Se fossero apparsi quelli dell'Alveare, Dax sarebbe diventato una furia e non avrebbe avuto bisogno di sparare. Nel frattempo dovevo cercare di concentrarmi sul salvare mio fratello, anziché sulla sensazione del culo di Dax nelle mie mani. Conoscevo il modo in cui si contraeva mentre mi scopava. Merda, avevo un problema. Era l'unico maschio nell'intera galassia in grado di distrarmi durante una missione.

Non erano passati nemmeno due giorni ed ero già cambiata così tanto. Non si trattava del fatto che non fossi più una combattente della coalizione. Né del fatto di essere diventata la compagna di un signore della guerra atlaniano. E neppure della cattura di mio fratello. Era stato realizzare che non avrei passato il resto della mia vita da sola. Non avrei dovuto più vivere per gli altri.

Mi ero arruolata nell'esercito perché ero brava, ed ero brava perché ero cresciuta con tre fratelli più grandi che non mi avevano lasciato altra scelta. Mio padre non mi aveva regalato abiti da principessa o un pony, e nemmeno un vestito per il ballo di fine anno. Facevo battaglie di paintball, corsi di karate e hockey sul ghiaccio. Non ero stata io a scegliere tutte quelle cose, avevo solo seguito gli altri e partecipato perché ero la più giovane, ma anche perché se non lo avessi fatto sarei rimasta tagliata fuori. Da sola.

Poi, mio padre mi aveva dato il colpo di grazia. Una promessa sul letto di morte. Ero entrata nella coalizione perché avevo promesso a mio padre di trovare Seth e di tenerlo d'occhio. Ero stata così concentrata sul farlo da non accorgermi che mio padre mi aveva negato un'intera vita. Non avevo scelta. Non avevo niente. Dovevo solo trovare Seth. L'avevo trovato, avevo combattuto al suo fianco, ma poi era stato catturato. Cosa sarebbe successo una volta tirato Seth fuori dall'Alveare e averlo trasportato al sicuro? Sarei rimasta per sempre accanto a lui? Avevo fatto ciò che voleva mio padre e avrei riportato Seth in un luogo sicuro. Mi ero unita alla coalizione, avevo lasciato la Terra. Diamine, avevo persino accettato di diventare la compagna di un atlaniano per mantenere la promessa fatta a mio padre.

Che cosa avevo di mio? Quali scelte avevo fatto nella vita che fossero davvero mie? Sorprendentemente, era stato Dax a farmi capire che c'era qualcuno che mi voleva per quella che ero, che voleva quello che volevo io, che era pronto a fare qualcosa *per me*. Era stato diverso, era stata una sorpresa. Era stato tenero.

Quel gigantesco alieno desiderava il meglio per me. E sì, ciò includeva il suo comportarsi da neandertaliano – come in questo momento, in cui me ne stavo al sicuro dietro di lui. Aveva accettato di aiutarmi a salvare Seth, perché sapeva quanto fosse importante. Controllava sempre se stessi bene prima di scoparmi, assicurandosi che fossi bagnata e deside-rosa di lui. Mi aveva persino infilato quello stupido vibratore nel sedere, perché sapeva che mi sarebbe piaciuto – anche se ero totalmente scettica. Mi faceva un po' male lì adesso, ma in realtà tutte le mie parti femminili erano indolenzite. Non venivo scopata in quel modo da... be', da sempre.

Il suo obiettivo era darmi solo piacere, per cui, quando la guerra fosse finita e Seth fosse stato al sicuro, avrei pensato a lungo a come poter dare piacere a Dax. Non perché mi era stato detto di farlo. Non perché dovessi farlo per essere accettata dal mio compagno, ma perché *volevo* sapere cosa l'avrebbe reso davvero felice.

Dei passi pesanti interruppero i miei pensieri. Non era un gruppo numeroso di soldati dell'Alveare, probabilmente i soliti tre. Quando Dax sbucò da dietro un cubo di provviste per combatterli, ebbi un momento di panico, in cui temetti che gli potesse succedere qualcosa, ma fu così rapido da non farmi nemmeno accelerare il battito cardiaco. Grugniti e lamenti, un'esplosione di ioni, metallo duro che colpiva il pavimento, lo schianto di una cassa di provviste rovesciata, e poi la quiete. Il respiro di Dax era affannoso. "Libero."

Mi alzai e vidi che c'erano proprio tre soldati dell'Alveare. A due mancavano le teste e ad uno avevano sparato. Dax si abbassò e prese un'arma dell'Alveare per me. Era leggermente diversa da quelle ordinarie della coalizione, ma dopo pochi secondi riuscii a farla funzionare. Ora avevo un'arma per mano.

Il respiro di Dax non si placava e riuscivo a vedere il battito del suo cuore dalle pulsazioni dei tendini del suo collo. "Sarah," ringhiò.

Spalancai gli occhi. "Cosa? Cosa c'è? Sono morti, sto bene."

Annuì con la testa, sebbene a fatica. "È... merda, è la febbre. Combattere con questi tre l'ha riaccesa."

"Allora usala. Andiamo a prendere mio fratello e gli altri. Lungo la strada potrai staccare tutte le teste che vorrai."

"È davvero forte. Dio, è arrivata in fretta." Fece un passo indietro. Capii che stava cercando di proteggermi da sé stesso.

Mi guardai attorno, realizzando che ci trovavamo su una nave detentiva dell'Alveare e che dovevamo trovare Seth, ma non avremmo potuto procedere fino a che Dax non avesse ripreso il controllo di sé. Dovevo calmarlo. In qualche modo, dovevo riportarlo alla lucidità... Dovevo trovare un modo che non fosse scopare. Non avevo intenzione di farlo lì dove eravamo. Era tutto tranquillo, ma poteva non rimanere così a lungo.

"Lo so. È pericoloso per entrambi. Non capisco chi è buono e chi è cattivo. Se tuo fratello ti toccasse, lo ucciderei."

Mi aveva avvisato che sarebbe finita male, che la febbre avrebbe avuto il sopravvento. Ma adesso? Qui? Una sveltina sarebbe stata sufficiente, ma nessuno di noi due era nello stato mentale giusto. Altri tre o altri trecento dell'Alveare avrebbero potuto piombarci addosso, mentre mi scopava e nessuno dei due se ne sarebbe accorto. A nessuno dei due sarebbe nemmeno importato.

Dovevo calmarlo, ma scopare era fuori discussione. Non avevamo tempo per starcene lì e indugiare. Dovevo pensare, e in fretta, o sarei finita schiacciata contro il muro con i pantaloni calati e il suo cazzo dentro di me. Mi bagnai al solo pensiero. Cavolo, ero già bagnata per avergli guardato il culo.

Misi l'arma su una cassa vicina e camminai fino a lui per accarezzargli il viso. Esalò un sospiro, mentre mi avvolgeva con le braccia.

"Non possiamo scopare," sussurrai, mentre mi passava le mani sul corpo, anche se lo volevo così disperatamente da provare dolore alla figa.

"No," rispose con il respiro spezzato.

"Baciami," dissi. "Toccami. Sono qui. Sono qui con te. Andrà tutto bene."

Mi alzai sulle punte dei piedi in modo da poterlo

baciare. Dax non resistette e prese la mia bocca con voracità. La sua lingua depredò istantaneamente la mia bocca, mentre le sue mani vagavano per il mio corpo; sui miei fianchi, sul mio sedere, sul mio seno. Era facile affondare in quel bacio, dal momento che sentire lui e il suo sapore era qualcosa di travolgente. Stavo affondando rapidamente, ma dovevo mantenermi lucida. Dovevo baciarlo con tutto il bisogno e il desiderio di quando eravamo stati a letto, ma dovevo essere io quella a saper dire basta. Dax aveva chiaramente il controllo totale quando si trattava di scopare, ma ora, in questo momento, avrei dovuto assumere io il comando.

Appoggiai la fronte contro la sua. I nostri respiri si mescolavano ed avevamo entrambi il fiatone, come se avessimo corso una maratona.

"Meglio?" sussurrai.

"Adoro il tuo sapore. Le tue labbra, la tua figa," replicò con voce roca.

"Calma quella tua bestia così possiamo recuperare Seth e andarcene da questa maledetta nave. Una volta tornati al sicuro nei nostri alloggi potrai assaggiarmi tutta."

Sperai che la promessa – ed era proprio una promessa – bastasse a calmarlo.

Dax emise un rantolo dal profondo del petto. "Meglio," mormorò per poi allontanarmi da sé. "Sei già stata avvisata del fatto che non appena saremo soli e non su di una nave nemica ti scoperò fino a che non riuscirai a camminare bene."

"Ho preso nota," dissi, con la figa che si contraeva per la promessa.

"Andiamo a prendere tuo fratello e leviamo le tende."

# 9

*Dax*

IL BACIO di Sarah aveva placato la bestia resuscitata dal sangue di quelli dell'Alveare sulle mie mani. La febbre da accoppiamento era arrivata così improvvisa e intensa che non fui in grado di fermarla o controllarla. Avevo ucciso quei tre senza battere ciglio e, una volta finito, vidi Sarah in piedi e capii di doverla possedere. La bestia la desiderava con un'intensità dolorosa. Volevo gettarla su una delle casse di provviste e scoparla, riempirla ancora e ancora del mio seme, mentre la bestia le avrebbe detto che apparteneva a lei. Ma non qui, non ora. E non su una nave detentiva dell'Alveare.

Non potevo scoparla. Sarah sapeva che avevo bisogno di qualcosa, e il bacio era stato utile. Anche solo poterla toccare, poterla sentire vicino a me aveva placato quel bisogno acuto. Se non mi avesse calmato baciandomi, non sarei stato in grado di impedire alla bestia di assumere il controllo.

Il mio respiro era tornato regolare, il battito cardiaco era diminuito. Potevo stare vicino a Sarah senza il rischio di farle del male. La mia mente non era più annebbiata dal desiderio. Leccarmi il suo sapore dalle labbra mi diede sollievo. Era solo temporaneo, ma eravamo da poco su quella nave del cazzo. Non stavamo perdendo tempo.

Quando mi fui affacciato sul quinto piano, mi girai verso Sarah. Lei annuì ed entrammo. Non parlavamo, non ci davamo nemmeno istruzioni. Sapevamo esattamente cosa dovevamo fare, fidandoci l'uno dell'altra.

Trovammo tre gruppi dell'Alveare e li spazzammo via senza problemi. Probabilmente eravamo stati rilevati dai sensori sui loro monitor, ma non perdemmo tempo. Sarah trovò il pannello di controllo e disattivò le porte delle celle di detenzione.

"Seth!" urlò precipitandosi giù per il corridoio centrale.

Una dozzina di uomini uscì da varie celle; tra di loro c'era sua fratello. L'uomo sembrava provato, ma stava bene. Era vivo. Tutto intero.

"Sono tutti?" chiesi. Un uomo si guardò intorno, contò le teste e poi annuì.

"Qualcuno è troppo ferito per camminare?"

"No. Siamo tutti pronti," disse Seth. Gli feci un cenno col capo. Bene.

"Avrebbero iniziato la trasformazione una volta raggiunto il centro di integrazione. Nessuno è stato toccato."

Fui sollevata sapendo che avevano scampato i veri orrori dell'Alveare.

Mentre Seth abbracciava Sarah, io ordinai agli altri

uomini di raccogliere le armi dell'Alveare e di prepararsi all'evacuazione.

"Che diavolo ci fai con *lui*?" chiese Seth guardandomi. Per fortuna non era ancora armato.

Sarah guardò prima il pavimento e poi me. "Sono la sua compagna."

Seth afferrò la pistola a ioni di un altro soldato e me la puntò contro.

"Tu sei il suo compagno? Mi state prendendo per il culo? Sei arrivato nel bel mezzo di una battaglia e mi hai fatto catturare dall'Alveare! E adesso..." si passò una mano tra i capelli, della stessa tonalità di quelli di sua sorella, "...e adesso trascini di nuovo Sarah in un territorio pericoloso, sopra una maledetta nave detentiva dell'Alveare? Sei stupido o cosa?"

Sentivo la punta dell'arma contro il petto, ma non me la presi con l'uomo. Era stato portato via dalla battaglia prima che potessi aggiungere qualcosa alla parola "*mia*". Non aveva sentito che lei era la mia compagna, che l'avevo reclamata. Non sapeva niente, se non che avevo inavvertitamente mandato a puttane la loro ultima missione.

"Seth, lascialo in pace. Sono stata io a decidere di venire a salvarti, non lui. Mi ha accompagnata per proteggermi."

Seth scosse la testa e guardò la sorella. "Mi prendi in giro?"

"Se sei tanto preoccupato della sicurezza di Sarah, allora discutiamone una volta ritornati sulla Karter," dissi. "Ma dovresti indirizzare a me la tua rabbia, non a Sarah. Non alzare più la voce con la mia compagna."

Fece un lungo respiro e poi espirò, rispondendo a denti stretti. "D'accordo."

Annuii, sapendo che l'unica cosa che avevamo in

comune era la sicurezza di Sarah, e attivai il dispositivo di comunicazione sulla mia uniforme. "Nave da guerra Karter. Rispondete."

Silenzio. Ripetei la comunicazione. Gli uomini si guardarono l'uno con l'altro innervosendosi. Se fossi stato catturato dall'Alveare e poi salvato, sarei stato nervoso anch'io, persino terrorizzato, fino a che non mi fossi trovato al sicuro su una nave della coalizione.

"Qui sala teletrasporto. Ci siamo."

Gli uomini si rilassarono, e dei sorrisi incerti si formarono sui loro volti, al pensiero di andarsene presto.

"Avete le nostre coordinate, quattordici membri della coalizione. Teletrasportateci."

"La tempesta magnetica ha di nuovo colpito la nave. Niente teletrasporti. Ripeto, niente teletrasporti."

"Per quanto tempo?" chiesi.

Gli uomini si guardarono attorno, temendo chiaramente che quelli dell'Alveare sarebbero presto arrivati. La nave non ne era stracolma; era una nave detentiva e i combattenti nemici erano – fino a poco prima – tutti dietro le sbarre. Non era necessario un gran numero di soldati dell'Alveare.

"Ignoto. Rimanete in posizione fino alla prossima comunicazione. Chiudo."

"Alternative," disse Sarah una volta interrotta la connessione.

Gli uomini considerarono ed esposero le varie opzioni, ma nessuna ci permetteva di andarcene da quella nave.

"Potremmo volare via," propose Seth.

"Volare? Questa nave è troppo grande. Inoltre," aggiunsi, "se la portassimo anche solo nelle vicinanze di un vascello della coalizione, ci sparerebbero a vista."

Uno dei soldati fece una proposta ragionevole.

"Ogni nave dell'Alveare ha un ponte di comando con una flotta di velivoli dell'Alveare. Possiamo usare uno di quelli," aggiunse un altro.

"In un velivolo ostile saremmo fatti saltare in aria lo stesso," aggiunsi.

"Non se superiamo l'interferenza magnetica, comunichiamo con la Karter e ci facciamo teletrasportare da lì." propose Seth.

Guardai Sarah, che era stata ad ascoltare con attenzione. "Non so pilotare una navetta dell'Alveare. Qualcuno ne è capace?"

Gli uomini scossero la testa, ma Seth guardò Sarah e fece una smorfia. "Sarah ne è capace."

Strinsi gli occhi, completamente ignaro di questa abilità. Sapeva sparare, combattere, trovare strategie e *volare*. Cos'altro era in grado di fare?

"Non so guidare uno di quei cosi!"

Seth prese le spalle di Sarah tra le mani. "È tale e quale a un C-130."

Non avevo idea di cosa fosse un C-130, ma immaginai fosse una navetta terrestre.

"Non è affatto la stessa cosa," ribatté Sarah. "È un aereo di rifornimento. Con ali e timoni."

"Sei un pilota?" chiesi.

Seth sorrise, fidandosi ciecamente di sua sorella. "Può far volare qualsiasi cosa. Sei il suo compagno, non lo sai?"

Sarah lo colpì a un braccio. "Mi conosce da meno di due giorni. Piantala."

Seth mi lanciò uno sguardo torvo e parlò a uno dei suoi uomini. "Meers, dove si trova il ponte di comando?"

La recluta – la sua uniforme avevo solo un grado sulle

maniche – stirò le spalle e rispose, "Secondo piano, a poppa."

"Andiamo lì e prendiamo la navetta. Se non sai farla volare, non sarà peggio che rimanere qui al centro di una prigione." Seth guardò gli uomini e poi me. "Signore della guerra, sei il più alto in grado qui."

"Non faccio più parte della flotta della coalizione," risposi.

"Sei stato sbattuto fuori, vero?"

"Seth, lascia stare Dax. Se non chiudi subito il becco, giuro che ti lascio qui. Intesi? Lui è mio e me lo tengo. Accettalo.

Sarah mi stava difendendo. Da Seth. Tutto quello che avevamo fatto dal primo momento in cui ci eravamo visti aveva riguardato riportare indietro il suo prezioso Seth. Era diventata la mia compagna solo per portare a termine questo compito. Una volta lasciata questa nave detentiva avrei portato a termine il mio impegno con lei. Immaginavo che mi avrebbe voltato le spalle e avrebbe voluto stare con suo fratello per il tempo che le rimaneva all'interno della flotta. Al contrario, stava difendendo *me* da *lui*. Amava suo fratello. Come mai ora le importava anche di me? L'idea fece gonfiare il mio ego, certo, ma mi fece anche *sentire* qualcosa di diverso dalla bestia che dentro di me urlava *"Mia"*. Era il mio cuore, il profondo della mia anima che sperava. Non in una compagna da scopare per porre fine alla mia febbre, ma in una compagna da tenermi stretta perché entrambi volevamo davvero stare insieme.

Seth aveva un'espressione come se avesse ingoiato bulloni di titanio, ma annuì seccamente a sua sorella. "Dax, hai l'esperienza e le abilità di un signore della guerra. Potremmo sfruttare i tuoi suggerimenti."

Lanciai un'occhiata a suo fratello per un istante. Dovetti ammirare la sua capacità di rassegnarsi quando necessario.

"Non intendo tenere la mia compagna in pericolo per un minuto di più; rimanere qui non è una scelta saggia. Volare è una possibilità valida, se Sarah è in grado di pilotare la navetta."

Seth strabuzzò gli occhi sentendo la parola "compagna", anche se glielo avevamo già detto, e Sarah alzò il braccio in modo da fargli vedere i bracciali ai suoi polsi. "Te l'ho detto." Gli rivolse un sorrisetto e lui alzò gli occhi al cielo.

"Allora andiamo," disse Sarah facendo un respiro profondo.

Tirai Sarah verso di me e le sussurrai all'orecchio, "Sei sicura?"

"Adesso dubiti di me?" Alzò le sopracciglia.

"Diamine, no. Sto valutando il piano di tuo fratello. Se non credi di potercela fare, ci inventeremo un'alternativa."

Aveva già abbastanza pressione su di sé e suo fratello l'aveva evidentemente aumentata. Le avevo mostrato che poteva condividere quel fardello – anche se per mezzo delle sculacciate – e non volevo perdere i progressi fatti fino ad allora, la fiducia che ero riuscito a guadagnarmi, mettendole troppa pressione ora.

"Volavo nell'esercito, l'esercito della Terra. Aerei e navi spaziali non sono minimamente simili, però. Non ero un'astronauta, ma ho tredici uomini da portare via da questa nave. Ho fatto delle simulazioni di base durante l'addestramento della coalizione. Ce la farò, o morirò provandoci."

"Non morirai. Troveremo un'alternativa," ripetei. Proprio come aveva detto lei, c'erano tredici uomini in questa squadra improvvisata. Potevamo trovare un altro modo, potevamo cercare di tenere lontano l'Alveare finché non fosse stato possibile teletrasportarsi.

Scosse la testa e mi guardò negli occhi. "No, Dax. Ce la posso fare. Posso portarci lontano da questa nave. Fidati di me."

Prima che potessi dire altro, Sarah iniziò a impartire ordini. "Tre di voi d'avanti, altri tre di copertura. Pistole a ioni armate per uccidere. Diamoci da fare e leviamo le tende."

Gli uomini scattarono all'azione, smaniosi di abbandonare la nave e totalmente fiduciosi in Sarah.

Seguimmo Meers e l'avanguardia fino al ponte di comando. Incontrammo un gruppo dell'Alveare, ma riuscimmo a farli fuori con facilità.

C'erano due navette identiche sul ponte e Seth ci condusse a quella più vicina.

"Dax, Seth, tenete lontano quelli dell'Alveare, mentre provo a capire come far volare questo trabiccolo," disse Sarah.

Seth sorrise per il termine terrestre – non avevo idea di cosa fosse un trabiccolo – e iniziò a sbraitare ordini. Non avevo intenzione di obbedire a Seth, ma a Sarah, piuttosto. Lei era mia responsabilità. L'avrei protetta o, come aveva detto lei, sarei morto provandoci. Ovviamente Seth sapeva che non avrei fatto niente se non fiancheggiare la mia compagna, per cui non mi diede alcun ordine.

Eravamo a metà della pista di decollo, quando la prima detonazione sonica ci sbatté tutti per terra. Con le orecchie che fischiavano, mi alzai all'istante, ruggendo come una furia. Tre soldati dell'Alveare stavano sul lato opposto del ponte di comando, con un altro set di cariche esplosive ai loro piedi. Le armi avevano creato un piccolo e contenuto

raggio di detonazione che avrebbe potuto disattivare la nave
o indebolire lo scafo fino a che volare non sarebbe più stato
sicuro.

Li caricai sparando con la mia pistola a ioni per farne
fuori uno prima ancora di raggiungerli. Un altro collassò
appena mi fui avvicinato, e guardai dietro di me per vedere
Seth inginocchiato che mi copriva le spalle. Il terzo soldato
dell'Alveare armò l'esplosivo con calma mentre mi avvici-
navo, come se non ci fosse niente all'infuori della sua
missione, della necessità di danneggiare la nostra nave.

Mi domandai cosa gli passasse per la mente, mentre gli
torcevo la testa spezzandogli il collo. Avrei potuto continuare, staccandogli la testa dalle spalle, ma Sarah stava
urlando a tutti di salire a bordo ed io e Seth eravamo gli
unici rimasti fuori dalla nave.

"Andiamo, signore della guerra. Si parte!" mi urlò Seth,
continuando a sparare ad un altro trio di soldati appena
arrivato sul lato opposto dell'area. Non avevo tempo per
caricarli e riuscire a tornare sulla nave, per cui raggiunsi
Seth e insieme ci precipitammo a bordo chiudendoci il
portello di lancio alle spalle.

Gli uomini crollarono nel corridoio, senza più energie
per via della fuga e della breve battaglia. Individuai Meers.
"Dov'è Sarah?"

"Cabina di pilotaggio." Sollevò la mano e indicò la direzione in cui era andata la mia compagna. Sia io che Seth
sparimmo correndo.

Trovai Sarah che studiava i comandi del pannello di
controllo. Era allacciata al sedile di pilotaggio, con un'e-
spressione di viva concentrazione sul volto.

"Allora?" chiesi. A me sembrava un pannello di controllo
come tanti, ma ero un combattente di terra.

"I controlli sono insoliti, sembra più un videogioco che un pannello di controllo, ma ce la farò."

Non capii la metà delle cose che aveva detto, ma sembravano promettenti. Si spostò nel sedile di pilotaggio e manovrò la cloche a forma di U e alcuni strani pedali.

"Non c'è nessun tasto per avviare la sequenza d'iniezione." Premette una serie di pulsanti fino a che gli schermi non si accesero.

"Riesci a farlo volare?" chiesi.

Continuò a giocherellare con gli schermi, fece scattare un paio di interruttori e fece un respiro profondo al suono potente dei motori che prendevano vita vibrando sotto di noi.

"Allacciate le cinture!" urlò in modo da farsi sentire da quelli che stavano nel corridoio.

Guardai alle nostre spalle ma non vidi nessuno. Di certo i ragazzi avevano capito di doversi allacciare le cinture, vista la potenza dei sistemi della nave che rombavano facendo vibrare il pavimento.

Feci quanto aveva detto, allacciando le cinture sulle mie spalle, mentre Sarah mormorava tra sé e sé una strana cantilena che non conoscevo. "Cosa fai?" chiesi.

"Prego," rispose.

La cosa non mi rassicurò, ma non potevo fare altro che affidarmi alla sua abilità. Dovevo fidarmi di quanto aveva detto, che era in grado di far volare la nave. Dovetti lasciar perdere e riporre la mia fede e la mia fiducia in Sarah. Aveva lei il controllo adesso. Ogni parte del mio corpo mi urlava di prendere il comando, di gettarmela sulla spalla e portarla via di lì. Ma quella era la primitiva bestia atlaniana, non l'uomo pensante seduto accanto a lei. Un maschio atlaniano non avrebbe mai perso il controllo in una situazione pericolosa. Mai. E cominciai a comprendere ciò che mi aveva dato, la profondità della fiducia che aveva riposto in me andando contro la sua stessa natura, facendo arrendere il suo corpo a me. Stare seduto impotente accanto a lei era una delle cose più difficili che avessi mai dovuto fare.

Un'esplosione di ioni colpì il finestrino del pilota scagliando fiamme bianche sul vetro.

"Alveare a ore quattro," disse Sarah.

"Cosa?" chiesi.

Indicò oltre la mia spalla e capii che probabilmente era un concetto terrestre. Non era l'orario, ma... non importa.

"Ci sono due gruppi dell'Alveare," urlò Seth infilando la testa nella cabina di pilotaggio.

Un'altra esplosione colpì l'altro finestrino. "Merda, Sherlock," disse Sarah con la voce tesa e gli occhi sul display. "Stanno cercando di far sovraccaricare la rete elettrica, per disattivare la nave."

Un pannello a sinistra di Sarah andò in corto circuito, quindi lei si sporse per disattivarlo.

Un'esplosione scosse la nave così forte che mi sentii letteralmente traballare i denti in bocca.

"Detonatori sonici, anche." Seth imprecò, mentre un ulteriore scoppio attivava diverse luci di emergenza intermittenti nel sedile del copilota. Le esplosioni soniche avrebbero sfasciato la nave prima ancora di spiccare il volo.

"Ecco perché combattere a terra è di gran lunga superiore." Cercai i controlli che avrebbero attivato i cannoni ionici montati ai lati e sul fronte della navetta. Non avevo idea di cosa cercare. Mi sentivo incapace, e alla mia bestia quella sensazione non piaceva. I mie muscoli iniziarono a gonfiarsi e ingrandirsi, mentre cercavo di lottare per mantenere il controllo.

Sarah doveva aver percepito la cosa, perché mi chiamò con voce calma. "Dax, va tutto bene. Non puoi perdere il controllo qui, non c'è spazio. Per cui dì alla bestiolina che dovrà aspettare."

"Gesù. È un cazzo di disastro." Seth venne accanto a me, pigiò dei pulsanti e le armi montate in cima alla nave iniziarono a fare fuoco in direzione dell'Alveare.

Ancora un'altra esplosione mi portò al naso l'odore dei circuiti bruciati. Il rombo di un'altra detonazione sonica ci colpì, poi un botto. Scattò un allarme ed io cercai di capire da dove disattivarlo.

"Sarah, portaci via da qui," urlò Seth.

"Seth, levati dal cazzo." Sarah digrignò i denti. "È una buona cosa che l'Alveare non ti abbia ucciso, perché quando saremo tornati alla base lo farò io con le mie mani."

Manovrò un'altra serie di comandi, poi sospirò e si aggrappò al sedile.

"Pronti a decollare tra..."

Premette un pulsante giallo. Il portello si aprì; oltre quello, lo spazio.

"Buon Dio, si sono aperte le porte," borbottò. "Tre."

Portò indietro la cloche con facilità.

"Due."

Le sue ginocchia si muovevano sopra i pedali sul pavimento facendo ondeggiare la nave da un lato all'altro. Trovò l'equilibrio giusto con i piedi e la nave si sollevò, restando sospesa sopra il pavimento dell'hangar di lancio, pronta per accelerare.

"Uno."

Spinse in avanti la cloche e la navetta si fiondò fuori dalla nave detentiva come un razzo. Venni schiacciato all'indietro sul sedile dalla potenza dei propulsori, fottutamente lieto di starcene andando. Sarah, comunque, stava imprecando come il peggiore farabutto di Atlan, muovendosi in modo spasmodico, come se lottasse per mantenere il controllo.

"Sarah, puoi calmarti, siamo fuori dalla portata della nave."

"Sono calma," rispose smangiucchiando le parole. Sentivo l'odore del suo sangue nell'aria e mi avvicinai a lei, ma mi respinse. "Dammi un minuto. Non ho ancora finito."

"Sei ferita."

Lei minimizzò. "È solo un graffio, Dax. Lascia perdere. Non siamo ancora fuori pericolo. Parlami, Seth."

Seth era seduto alla stazione radar dietro di lei, con gli occhi che monitoravano la presenza di possibili navi nemiche all'inseguimento. "Sembra tutto tranquillo. Sembra non ci seguano."

"Grazie a Dio." Rimase seduta in silenzio, con il sudore che le colava sulle tempie e le mani che tremavano, mentre dirigeva la nave verso lo spazio controllato dalla coalizione. Il campo magnetico si scosse e fece tremare la nave per diversi minuti, e lo schermo della stazione radar si fece completamente verde.

Seth si appoggiò con la schiena al sedile e portò il pugno in aria. "Sì. Siamo nascosti dal campo magnetico. Non hanno modo di individuarci, sorella! Porca vacca! Ce l'hai fatta!"

"Bene. Dax, puoi prendere i controlli. Basta che li mantieni in posizione fino a che non siamo..." Abbandonò la mano dalla cloche e si aggrappò al sedile lamentandosi. "Al sicuro. Fino a che non siamo al sicuro."

Invece di guardare verso lo spazio, guardai Sarah. "Posso

ancora sentire il tuo sangue, compagna. E stai sudando come se ti avessi scopata per ore."

A quel commento, Seth mormorò qualcosa riguardo al nascondere un corpo, ma lo ignorai.

Sarah fece una smorfia, ma non disse nulla. C'era qualcosa che non andava. Era pallida. Troppo pallida, e il suo respiro era debole, i suoi occhi vagavano come se mi guardassero senza vedermi.

Mi tolsi la cintura e mi accostai a lei. Batté un paio di volte le palpebre e guardò verso di me, ma sapevo che non era più in grado di elaborare quello che vedeva.

"Solo un graffio, Sarah? Mi hai mentito?" Muovendomi piano, mi inginocchiai accanto a lei, guardando bene il fianco che prima non potevo vedere. Volevo prenderla a schiaffi e allo stesso tempo stringerla a me. Il sangue le ricopriva l'armatura e colava fino a terra, fuoriuscendo da un grosso pezzo di metallo piantato nell'armatura. Il metallo doveva aver perforato una costola, forse un polmone. "Femmina cocciuta. Stai morendo dissanguata."

Si guardò il fianco e portò una mano accanto al frammento di metallo. "Sto bene, Dax. Ora va meglio. Non fa più male." Sorrise come una ragazzina sciocca e spensierata, ed io capii che era più grave di quanto avessi immaginato.

"Seth, prendi i comandi. Subito! Meers!" urlai verso il corridoio, mentre le slacciavo le cinture. Porca troia, era gravemente ferita e non me lo aveva detto. Stava morendo dissanguata, mentre continuava a pilotare una fottuta nave dell'Alveare. Sacrificandosi per farci guadagnare qualche minuto. Morendo per questi uomini. Per me.

"Smettila di urlarmi contro," rispose, appoggiando la testa al sedile del pilota.

"Mi hai mentito." Ero agitato e la bestia dentro di me si

stava infuriando. Non per il desiderio, ma per il terrore. Era ansiosa e preoccupata per la nostra compagna. Si muoveva dentro di me, lamentandosi e ruggendo per essere liberata, per fare a pezzi la nave e chiunque ci fosse a bordo.

"Dovevo tirarvi fuori di lì."

"Sei la più cocciuta, difficile, fastidiosa e frustrante femmina che abbia mai incontrato. Cazzo, avresti dovuto dirmi quanto gravemente eri ferita. Quando è successo, Sarah? Quando?"

"Detonatore sonico, quando stavamo correndo sulla nave," sospirò. "Va già meglio, comunque. Non fa più male," ripeté, la sua mano sul mio avambraccio. Lasciò un'impronta insanguinata. Se non faceva male, significava che..."

"Sarah, non mi lascerai," sussurrai quell'ordine e premetti le mie labbra contro le sue, mentre Meers si precipitava verso la piccola stanza.

"Sì, signore della guerra?" Meers infilò la testa nella cabina di pilotaggio ed io presi Sarah in braccio. Seth passò ai comandi, assicurandosi di mantenerli esattamente come li aveva lasciati Sarah.

"Sarah è gravemente ferita. Chiamate la squadra teletrasporti della Karter e fateci prelevare da questa cazzo di nave. *Ora*. Se lei muore, morite tutti con lei." Quella minaccia non era fine a sé stessa. Se l'avessi persa prima di tornare sul campo di battaglia, la bestia avrebbe fatto a pezzettini ogni essere vivente a bordo della nave, e non ci sarebbe stato nulla che avrei potuto fare per fermarla.

———

"Dannata missione suicida. Il capitano ha messo a repentaglio le vostre vite con il suo comportamento sconsiderato," sentenziò il comandante della nave.

"Ha salvato dodici combattenti della coalizione dall'Alveare *e* le ha portato le unità di comunicazione della nave che ha rubato." Mi allungai in tutta la mia altezza torreggiando sul guerriero prilloniano, che aveva osato insultare la mia compagna ferita. "Più di un uomo su questa nave le deve la vita."

Il comandante incrociò le braccia e scosse la testa. "Lo so. Prenderò gli uomini e le unità." Il comandante borbottò quelle ultime parole con un filo di voce, ma avevo un udito da atlaniano, e alla bestia non sfuggì niente. "Ciò non vuol dire che non sia stata sconsiderata."

Se non avessi dovuto vigilare sul corpo della mia compagna incosciente, avrei iniziato a litigare prendendolo a pugni fino a farlo sanguinare. Mi stavo davvero stancando di quegli snervanti comandanti. Per primo del mio, che mi aveva costretto a partecipare al programma di abbinamento in modo da non farmi morire, poi di quello di Sarah, che si era rifiutato di aiutarla a trovare Seth. Ora di questo. Me ne stavo accanto alla capsula di emergenza di Sarah, guardando i dottori che agitavano i loro attrezzi sopra le sue ferite. Sapevo che la tecnologia di cui era dotata la nave l'avrebbe guarita presto, ma la mia bestia non ascoltava ragioni né logica. Lottavo ad ogni respiro per tenere il lato oscuro sotto controllo, perché la mia compagna era stata ferita in modo grave e non c'era niente che io potessi fare. I dottori sì, ma io? In quel momento non potevo proteggerla. Dovevo aspettare pigramente che venisse guarita dalla tecnologia medica.

Seth e i suoi uomini si erano dati da fare con le comunicazioni ed erano riusciti a farci trasportare su un'altra nave, non sulla Karter, ma su una che non si trovava in linea diretta con il campo magnetico. Era successo tutto in cinque minuti, poiché gli uomini erano ben addestrati a richiedere assistenza, e del resto era stato così per tutta la mia vita. Nella flotta della coalizione, tutto aveva uno scopo e una ragione. Le cose avevano senso. Gli ordini venivano impartiti ed eseguiti. Ogni guerriero era forte e sapeva esattamente cosa aspettarsi. Ci aspettavamo di combattere, di sanguinare, di morire. Ogni guerriero conosceva il suo compito, come lo conosceva la mia Sarah.

Guardai giù verso la mia compagna e mi sembrò così fragile, lì distesa, così debole e decisamente non immortale. Non era una feroce femmina di una delle razze guerriere. No, era solo una delicata donna della Terra, ed era la mia compagna, il mio cuore, la mia vita. Non mi importava se adesso era una guerriera, così abile nell'organizzare un attacco di terra o nel far volare una nave nemica attraverso un campo magnetico. Era più coraggiosa di chiunque avessi mai conosciuto, più astuta di qualsiasi stratega militare, eppure il suo corpo era così fragile. Impazzivo letteralmente dal desiderio di prenderla tra le mie braccia e portarla via da quel luogo, via dagli uomini, dal rumore, dal costante pericolo di un attacco nemico. Per anni non mi era importato niente di tutto ciò, era il mio dovere. Eravamo in guerra con l'Alveare, lo eravamo già da prima che nascessi, e probabilmente lo saremmo stati anche dopo che fossi morto. Eppure, non volevo che niente di ciò toccasse Sarah. Non più. Era troppo bella, troppo perfetta per la bruttezza da cui era circondata ora.

In quei cinque minuti scoprii di non essere nemmeno lontanamente forte quanto avevo pensato. I muscoli non mi proteggevano dallo strazio di aver quasi perso Sarah.

Quando io ero debole, lei era forte. Due dei suoi fratelli e suo padre erano morti, l'ultimo membro della sua famiglia era stato rapito dal nemico davanti ai suoi occhi. La sua risposta era stata l'impegno nel salvare Seth. Il suo amore, una volta donato, aveva una forza implacabile, era coraggioso e pieno di una speranza cocciuta. Il suo amore era ciò che volevo così disperatamente, eppure lei faceva così bene la guardia al suo cuore.

Ci vollero quei cinque minuti per farmi realizzare che eravamo una coppia che necessitava di un compromesso. Lei aveva dato e dato, ed io avevo preso. Era il momento che fossi io a dare, e che la lasciassi essere sé stessa, senza forzarla ad essere la donna debole che voleva il comandante e che, effettivamente, all'inizio avevo pensato che fosse.

Volevo chinarmi e toccarla, per sentire la sua pelle e assicurarmi che fosse ancora calda, per sentire le sue pulsazioni, per guardarla respirare, ma il dottore mi aveva già fatto allontanare parecchie volte. Quando avevo minacciato di staccargli le braccia dal corpo se mi avesse fatto allontanare dal centro medico, mi aveva permesso di restare, a patto che non intralciassi il suo lavoro. Era un compromesso ragionevole, ma non le tolsi gli occhi di dosso.

Avrei voluto schiaffeggiarle il sedere fino a farlo diventare di un rosa acceso per il fatto di essersi lasciata ferire, ma non aveva fatto niente di così incosciente da meritarlo. Non volevo che fosse in nessun tipo di pericolo, eppure mi trovavo proprio accanto a lei quando era successo. Non avrei potuto proteggerla in nessun modo, farle scudo dalla plancia che andava in frantumi e dal frammento che le si era conficcato nel fianco. Oltre a legarla al mio letto, non c'era alcun modo per tenerla al sicuro. Sebbene mi sarei assicurato che si godesse il tempo in cui sarebbe stata legata, sarebbe presto finita con l'odiare sia la reclusione che me. Non poteva essere tenuta lontano dalla sua passione, dalla sua lotta, non più di quanto non lo potessi essere io. Era una guerriera, e non avrei potuto fare niente per cambiare il suo cuore. Era una lezione amara quella che stavo imparando e, sfortunatamente, era dovuto succedere quel grave incidente affinché lo capissi.

Come avrei potuto controllare la mia bestia interiore con lei che si metteva sempre in pericolo, non avevo idea. Il dottore controllò lo schermo e si spostò dall'altro lato della capsula. "Ho sentito che il capitano ha salvato la situazione, oggi."

Cercai dell'ipocrisia nel suo volto, ma non ne trovai. "Ha pilotato un velivolo nemico danneggiato fuori da una nave detentiva dell'Alveare, è sfuggita a una triade di ricognitori dell'Alveare e ci ha portati in sicurezza oltre un campo magnetico. Non è stata incosciente, è stato un salvataggio."

"Sono d'accordo con il signore della guerra." Seth si unì a me accanto a Sarah e osservò con la mascella serrata, mentre lei veniva accudita. "E lo sono anche gli altri undici uomini a cui ha salvato la vita."

"Starà bene," disse il dottore a Seth. Aveva già incontrato suo fratello, ma Seth era stato mandato a fare un debriefing ed era tornato solo ora. "Uno stato di sonno la aiuterà a guarire dalla ferita suturata. Il computer dice che si sveglierà tra due ore. A quel punto eseguirò un esame medico completo per assicurarmi che sia guarita completamente, ma non ho dubbi in proposito."

Seth lanciò un'ultima occhiata a sua sorella, visibilmente soddisfatto del suo stato, e girò la testa verso il comandante della nave su cui ci eravamo trasportati.

"Comandante, con tutto il dovuto rispetto," disse Seth.

Affrontò il capo prilloniano da vero capitano, quale era. Orgoglioso, alto. "Tutti i capi della coalizione hanno scelto di lasciar morire me e gli altri. Ora sarei un soldato dell'Alveare, se non fosse stato per lei. Perciò potete andare a farvi fottere, se avete intenzione di mandarla alla corte marziale. Ha dovuto prima sopportare degli ordini del cazzo, poi vedersela con questo bestione e poi prendersi anche cura di me. È Wonder Woman."

Aggrottai le sopracciglia, e lo stesso fece il comandante. "Chi?"

Seth alzò gli occhi al cielo. "Una donna capace di tutto."

Provai a nascondere un sorriso, sul serio, perché quell'espressione descriveva Sarah alla perfezione. Non sapevo chi fosse Wonder Woman, ma lei era la *mia* Wonder Woman. All'inizio avevo odiato Seth per essere il motivo per cui Sarah aveva dovuto tornare di nuovo in mezzo al pericolo, ma iniziava a piacermi di più di minuto in minuto.

"Capitano Mills," replicò il comandante a denti stretti.

"Comandante."

"Non posso punire sua sorella, perché non fa più parte dell'esercito della coalizione. Lei è la *sua* compagna, e credo che questa sia già una punizione sufficiente."

L'avrei presa come un'offesa, ma ero felicemente bloccato con la mia piccola compagna umana. Dovevo solo aspettare due ore affinché si svegliasse.

"In quanto a te..." Il comandante avanzò, ma Seth non arretrò. I due uomini erano praticamente faccia a faccia. Mentre Sarah non poteva essere punita dalla coalizione, Seth poteva essere sollevato dal suo ruolo e costretto ai lavori forzati fino alla fine del servizio. Era l'ordine del comandante. Seth si era guadagnato da solo la sua punizione per insubordinazione. "Congedato."

Seth lo salutò e se ne andò.

"Per quanto riguarda *te*," il comandante si girò verso di me. "Una volta guarita, porta la tua compagna lontano da qui. Smettila di schernirmi per quello che non posso avere."

Girò i tacchi e girò intorno al dottore, il quale era appena tornato per controllare Sarah.

Sorrisi guardando la mia compagna. Le macchine emettevano un bip costante e il dottore era calmo e soddisfatto di come lei reagiva al trattamento. Avevo quasi dato di matto, quando era svenuta ai controlli della nave, incerto su cosa fare. Per la prima volta in vita mia non avevo il controllo. Non avevo avuto alcun modo per salvarla. I muscoli non sarebbero serviti. La forza non avrebbe fatto nulla. Staccare la testa a qualcuno non sarebbe stata una soluzione.

Perciò ero costretto ad aspettare. Una volta guarita, l'avrei sculacciata per avermi spaventato così. Poi l'avrei fatta godere, perché adoravo vederla venire sulle mie dita e sul mio cazzo.

## 10

*S* arah

Aprii gli occhi e vidi Dax che mi fissava. Sbattei le palpebre una volta, poi ancora, cercando di ricordare quando mi fossi addormentata. Mi sentivo comoda e riposata, eppure mi sembrava di essermi persa qualcosa.

"Ti senti meglio?" chiese con una profonda V che si formava sul suo sopracciglio.

"Mi sento... oh!" Mi misi a sedere fino ad avere la testa quasi all'altezza della sua.

Mi trovavo in un'unità medica con diversi letti e pazienti in stato d'incoscienza. Indossavo un camice, non diverso da quelli degli ospedali della Terra. Mi ritornò tutto in mente: il salvataggio nella prigione, la navetta, il dolore al fianco, il pezzo di metallo.

Misi le mani sul fianco e vidi che non c'era nessuna

scheggia conficcata nella mia pelle – o almeno il camice – e non c'era sangue. Non faceva neppure più male.

"Sei completamente guarita," mormorò spostandomi i capelli dal volto. Erano sciolti sulla mia schiena.

"Se è così che funziona la medicina spaziale, allora mi piace," commentai strofinando il punto in cui avevo sentito il bruciore della puntura. Se fossi stata sulla Terra, sarei morta o ci avrei messo settimane per guarire. "Per quanto tempo sono stata incosciente?"

"Due ore nell'unità medica, più cinque minuti di incoscienza tra le mie braccia, mentre tuo fratello organizzava il teletrasporto."

"Tutto qui? Wow."

Dax si alzò in tutta la sua altezza e mi mise le mani sui fianchi. "Tutto qui?" ringhiò. Potevo sentire il rombo profondo nel suo petto. "Compagna, hai idea di cosa ho passato in questo tempo?"

Prima che potessi aprire bocca, arrivò il dottore e iniziò ad agitare sopra di me una curiosa bacchetta. Mantenne gli occhi sul display, poi si allungò per premere un pulsante sul muro dietro di me.

"È libera di andare."

"Sul serio?" chiesi, totalmente sbalordita dal fatto di essere stata infilzata da un pezzo di nave spaziale appena tre ore prima e di stare già bene.

"Certo," replicò. "Completamente guarita e libera di lasciare l'unità medica."

Spostai le gambe a lato del letto e saltai giù, atterrando a piedi nudi sul pavimento freddo. Mi coprii il sedere che sapevo essere in bella mostra.

"È già pronta per *qualsiasi* attività, dottore?" chiese Dax.

Arrossii, sapendo esattamente a che tipo di attività si stesse riferendo.

Si schiarì la voce. "Sì, *qualsiasi* attività."

Dax si piegò prima ancora che capissi cosa stava succedendo, la sua spalla premette contro la mia pancia e mi ci ritrovai lanciata sopra. Appoggiai le mani sul suo fondoschiena per mantenere l'equilibrio.

"Dax!" urlai.

Girò i tacchi e si precipitò verso l'uscita.

"Ho il sedere di fuori!" Potevo sentire l'aria fresca e sapevo che *chiunque* poteva vedere *tutto*.

Si fermò, afferrò i lati del camice e li tirò insieme mantenendo una delle sue grosse mani sul mio fondoschiena. Ero grata che fosse possessivo, perché prima ancora di accorgermene eravamo nel corridoio.

"Dove stiamo andando?" chiesi, guardando il pavimento cambiare colore da verde ad arancione, l'unica cosa che mi faceva capire, dalla mia prospettiva, che avevamo lasciato l'unità medica ed eravamo entrati nell'area alloggi della nave.

"Nella nostra stanza."

"Aspetta, gli altri. Stanno bene?" chiesi. "Dax, mettimi giù. Non riesco a parlare, mentre fisso il tuo culo." Lo picchiai con i pugni.

"Stanno tutti bene."

"E Seth?" trattenni il fiato aspettando la sua risposta.

"Bene."

A quel punto mi rilassai, sollevata. "Portami da lui. Per favore," aggiunsi.

Dax si fermò tra due corridoi. "Molto bene."

Si girò e percorremmo un lungo corridoio fino a che non fummo davanti a una porta. Mi fece scendere, mi cinse la vita con un braccio e schiacciò il pulsante, che sulla Terra sarebbe stato chiamato campanello.

Mi strinsi il camice. "Avresti almeno potuto farmi cambiare prima di portarmi fuori. Sei davvero un cavernicolo," bofonchiai.

"Aspetta fino a che non saremo nella nostra stanza." Mi scoccò uno sguardo. "Poi vedrai quanto sono un cavernicolo."

La porta si aprì e vidi Seth davanti a me, sano e salvo. Ma anche visibilmente arrabbiato con Dax, perché di certo non gli era sfuggito quello che aveva detto che mi avrebbe fatto.

Per evitare qualsiasi confronto verbale dell'ultimo minuto, mi lanciai ad abbracciare Seth. Era bello abbracciarlo di nuovo, sapere che stava bene e... cosa? Gli volevo bene. Sì. Era mio fratello e io lo ammiravo e lo ascoltavo, e lo odiavo quando era prepotente. Ma...

Mi allontanai dall'abbraccio e guardai Dax alle mie spalle. Era lì che incombeva su di noi – non c'era un termine più adatto per la sua mole stagliata sull'ingresso – e mi aspettava. Avrebbe accettato il comportamento irritante di Seth, perché ero la sua compagna. Diamine, sembrava disposto a fare *qualsiasi* cosa per me. Si era cacciato in una nave detentiva dell'Alveare per salvare un uomo da cui era odiato, solo perché lo volevo io.

Ora era Dax quello autoritario per me, non Seth. Erano i suoi abbracci che volevo. Era di lui che mi preoccupavo – non che non mi preoccupassi per Seth, ma era diverso. *Io* ero diversa. Avevo usato Dax per i miei scopi personali, per riprendermi Seth. Avevo stretto un patto con lui, e lui aveva fatto la sua parte fino in fondo.

"Non posso credere che tu ti sia messa con questo armadio," mormorò Seth. "Hai idea della storia in cui ti sei cacciata? Questa volta non ti posso aiutare, sorella."

Spalancai la bocca e fissai mio fratello con gli occhi fuori dalle orbite. Poi li assottigliai, e giuro che la pressione sanguigna mi schizzò alle stelle. Mi avvicinai a lui e gli premetti un dito sul petto.

"Salvarmi? Mi prendi per il culo? Quando diavolo mi hai mai salvata?" urlai.

Dax entrò nella stanza di Seth e la porta si richiuse.

Seth sembrava a disagio adesso. Si passò una mano tra i capelli. "Da Tommy Jenkins in quinta elementare, quando voleva guardarti sotto la gonna. Da Frankie Grodin quando voleva portarti al ballo di fine anno per farti essere un'altra tacca sulla sua lista di scopate del liceo. Da quell'idiota di un sergente che ti faceva fare le flessioni extra."

"Prima di tutto, Tommy Jenkins mi provocò quando avevo dieci anni e io gli diedi un pugno sul naso. Frankie Grodin ebbe un brutto risveglio, quando Carrie e Lynn ricevettero una foto di lui con il pisello penzoloni e la fecero girare per e-mail per tutto l'ultimo anno. Per quanto riguarda quel sergente, mi fece fare le flessioni extra perché continuavi a venire a controllarmi. In quanto a salvataggi, chi cazzo credi che ti abbia salvato il culo dall'Alveare, fratellone?"

Incrociai le braccia sul petto, non curante del fatto che il retro del camice fosse aperto e che Dax potesse facilmente vedermi il sedere.

Durante la mia invettiva, Seth era diventato ancora più rosso e alla fine indicò Dax. "È arrivato nel mezzo della battaglia e mi ha fatto catturare."

"È vero, ma è stato un incidente. Potevano prendere uno qualunque di voi. Diamine, potevi venire catturato in una qualsiasi delle battaglie in cui siamo stati. Perché sei così incazzato con lui, quando è venuto a salvarti?"

"Perché ti ha fatto andare con lui!"

"Per cui sarebbe dovuto andare a salvarti da solo?"

Stavamo davvero urlando adesso, e quando vidi Dax mi accorsi che se ne stava appoggiato al muro con un sorriso sul volto. Per una volta non si stava immischiando.

"In primo luogo ti ha infilata in questo casino con tutta quella storia dell'abbinamento" Seth agitò la mano per aria come se non sapesse come chiamarla.

"Quindi, il fatto che siamo compagni è il motivo per cui è successo tutto questo? Gesù, Seth, sei un imbecille. Se vuoi incolpare qualcuno, vai a cercare la Direttrice Morda a Miami, perché è stata lei a mettermi per sbaglio nel programma spose, anziché in quello per l'arruolamento nella coalizione. Sai cosa? Sareste perfetti l'uno per l'altra."

Scossi la testa ed esalai un respiro che avevo tenuto sospeso. Con la coda dell'occhio vidi che Dax si era irrigidito. Merda, forse quelle parole lo avevano irritato.

Seth afflosciò le spalle. "Voglio solo che tu sia al sicuro. Con Chris e John andati, ora è compito mio."

Feci di no con la testa. "No, ora è compito di Dax."

Camminai verso Dax e gli strinsi le braccia attorno, con la guancia premuta contro il suo petto.

"Posso vederti il culo, sai?" Seth grugnì spostando lo sguardo da un'altra parte.

Dax fece scattare una mano verso il mio fondoschiena e richiuse i due lati del mio camice.

"Ora posso vedere la sua mano sul tuo culo."

"Gesù, Seth," mi lamentai, poi lo ignorai. Mi godetti il contatto con Dax, il suo profumo, il doppio battito del suo cuore sotto il mio orecchio, persino la sua mano sul culo.

"Tutto questo casino mi ha fatto capire che stavo vivendo tutta la mia vita nella vostra ombra, facendo quello che voleva papà. Mi sono persino arruolata per cercare di rendere felice papà, per te e John e Chris."

Mi guardò, totalmente sorpreso. "Cosa? Pensavo che lo volessi fare."

"Cosa, fare karate a dieci anni quando tutte le altre facevano danza? Fu per quello che tirai un pugno sul naso a Tommy Jenkins, perché sapevo come si faceva." Feci una pausa, poi continuai. "Ascolta, Seth, io ti voglio bene. Sono contenta che tu abbia fatto tutto quello che hai fatto con me, con Chris e John, ma mi sono sempre presa in giro, cercando di capire cosa volessi *io*."

Seth protese l'orecchio. "E cosa vuoi?"

"Dax."

Sentii Dax irrigidirsi sotto di me, per poi rilassarsi. Mi girò in modo da dargli la schiena, con le sue mani sulle mie spalle.

"Sul serio?" chiese Seth scuotendo lentamente la testa.

"Sul serio. Una volta cessata la sua febbre da accoppiamento andrò su Atlan."

"Davvero?" chiesero entrambi gli uomini contemporaneamente.

"Sì." Lo avrei fatto. E la cosa mi faceva sentire bene. "Non hai bisogno di avermi accanto per sapere che ti voglio bene, ma Dax sì."

Sentii un brontolio contro la mia schiena.

Seth fece un gesto con la mano mentre sospirava. "Vai, Sarah. L'unica cosa che ho mai voluto per te era che fossi felice e al sicuro. È quello che abbiamo sempre voluto tutti. Un lieto fine per te e dieci bambini con..." Seth studiò Dax per un minuto, pesando bene le parole successive, mentre io stringevo la mano in un pugno al mio fianco, pronta a colpirlo in faccia se avesse insultato il mio compagno un'altra volta. "...con questo enorme guerriero che, sono sicuro, morirebbe per proteggerti." Seth porse la mano a Dax, il quale sembrava confuso.

"Lo farei." La promessa dal tono profondo e ruggente di Dax mi fece contrarre la vagina sotto il camice e sentii Dax fare un lungo respiro; sentiva l'odore della mia eccitazione. A quel punto, ringhiò tenendomi ancora più stretta. Mio fratello rimase silenzioso e impassibile, con la mano protesa in segno di pace.

"Stringigli la mano, Dax." Tirai la mano di Dax in avanti e la misi in quella di Seth in modo che mio fratello potesse stringerla. Sorrisi, lieta che Seth capisse. Forse anche lui stava cercando una compagna.

Sorridendo, ammiccai a mio fratello in modo suggestivo. "Sai, ora sei un capitano."

"Lo so." Mio fratello lasciò la mano di Dax e assunse un'aria confusa.

"Puoi richiedere una compagna al Sistema Spose Interstellari. Sarebbe perfetta per te sotto tutti gli aspetti, la tua anima gemella."

Seth scoppiò a ridere ed io sorrisi, improvvisamente emozionata all'idea. Seth scosse la testa. "Non credo."

"Che c'è, hai paura di beccarti un'aliena viscida e verdastra come sposa?" Feci di no con la testa. "Non succederà. Ti faranno dei test, Seth. Collegheranno dei sensori al tuo cervello e ci proietteranno dentro delle cerimonie di accoppiamento, fino a che non sarai così eccitato da perdere la testa. Ma ti abbineranno a qualcuna con le tue stesse perversioni."

Seth guardò prima me e poi Dax, e poi ancora me. "Quindi, tu ne volevi uno grosso e minaccioso, eh?"

Dax emise un ringhio di avvertimento, ma io scoppiai a ridere piena di gioia.

"Sì. Credo di sì." Diedi un buffetto a Seth e sorrisi. "Ora, se vuoi scusarci, devo prendermi cura del mio alieno spaziale, dal momento che ha la febbre."

Seth grugnì. "Gesù, sorella, non ho bisogno di sapere queste stronzate. Troppe informazioni." Andò alla porta e la aprì. "Va'. Curalo. Fai quello che vuoi, ma non di fronte a me."

Dax fece un passo avanti e, con mia sorpresa, protese di nuovo la mano verso mio fratello in offerta di amicizia. "Porterò la mia compagna su Atlan, Seth. Sarai sempre il benvenuto a casa nostra."

Seth fissò la mano protesa, poi la strinse come fanno i guerrieri. "Prenditi cura di lei."

"È quello che farò, iniziando con una bella sculacciata per avermi mentito riguardo alla sua ferita, poi... be', poi..."

Seth mollò la mano di Dax ed io spalancai la bocca per le parole di Dax. Cosa aveva intenzione di fare?

"Di nuovo, fratello, troppe informazioni." Seth scosse la testa ridendo sotto i baffi, mentre io continuavo a sbattere le palpebre cercando di elaborare quanto aveva appena detto Dax.

"Tu *non* mi sculaccerai," sentenziai con le guance infiammate. "Ti ho salvato la vita, Dax. Ho salvato tutti noi. E se ti avessi detto quanto gravemente ero ferita, tu non mi avresti permesso di volare. Mi avresti portata via dal posto del pilota e..."

Dax mi zittì. "E trovato qualcun altro che tenesse i dannati controlli, così non saresti morta dissanguata. Hai rischiato la vita senza motivo, Sarah. Mi hai mentito. Farò diventare il tuo culo di un rosso acceso, in modo che non succeda di nuovo.

"Sarà meglio che tu lo faccia," disse Seth con l'espressione protettiva da fratello. "Mi hai spaventato a morte, Sarah." Annuì a Dax. "Aggiungi uno schiaffo extra per me."

Dax alzò il sopracciglio, ma fu subito d'accordo. "Ricevuto." Mi tirò indietro e fuori dalla porta.

Prima che si chiudesse, Seth disse: "Signore della guerra, se le fai del male ti darò la caccia e ti ucciderò."

Dax strofinò il pollice sulle mie spalle. "Me lo aspettavo."

———

*Dax*

POCHE ORE dopo mi trovavo sul balcone della nostra nuova casa accanto alla mia compagna, respirando i profumi e ammirando i paesaggi di Atlan. Erano passati dieci lunghi anni da quando avevo visto le distese di montagne verdi e dorate, gli alberi torreggianti con foglie viola e verdi, i fiori di ogni colore che fiancheggiavano le strade come il più delicato vetro filato, i petali trasparenti luccicanti sotto la nostra stella come un milione di luci scintillanti.

Accanto a me, Sarah toglieva il fiato per quanto era adorabile in quell'abito dei tessuti migliori di quest'area. Il dorato chiaro le scendeva dalle spalle e contornava i suoi seni. Aderiva alle sue curve fino a poco sotto i fianchi, prima di cadere ondeggiando appena sopra le caviglie. Le girai intorno e le misi un grosso ciondolo al collo, di forma

oblunga e con un'incisione dorata che, come i nostri bracciali, recava lo stemma della mia stirpe.

Eravamo arrivati via teletrasporto, con ancora indosso
l'armatura della coalizione. I gradi di quando Sarah era
capitano erano in bella mostra alla festa di benvenuto del
senato atlaniano. I sussulti e gli sguardi curiosi erano iniziati
immediatamente, e sapevo, ancora prima che le nostre unità
di comunicazione iniziassero a illuminarsi quando eravamo
ancora nel nostro alloggio, che la mia sposa sarebbe stata
una celebrità qui, una donna unica e intrigante che aveva
combattuto accanto al suo compagno, una guerriera. Gli
atlaniani non si sarebbero più ripresi.

Lei si agganciò il ciondolo sul petto e si mise a girare
selvaggiamente, ridendo. Non l'avevo mai vista così illuminata e spensierata. "Mi sento come la Bella di *La bella e la
bestia*."

Aggrottai la fronte. "Non capisco cosa significa,
compagna."

Si fermò e mi sorrise. "Non importa. Sono felice. Non mi
sono mai sentita così prima d'ora."

"Così come?"

"Bella. Tranquilla." Si mise di nuovo a girare, guardando
la sua gonna sollevarsi e brillarle attorno alle ginocchia.
Aveva i capelli sciolti, con dei riccioli scuri che le cadevano
sulle spalle. "Mi sento come una principessa. E viviamo in
un castello. Buon Dio, Dax. Sei ricco o cosa? Questo posto è
assurdo." Sarah sorrise e mi gettò le braccia al collo, sollevando il viso per un bacio, che provvidi a darle prontamen-
te." Quando il desiderio le toglieva il fiato, quando riuscivo a
sentire il dolce profumo della sua eccitazione, la riportavo
con i piedi per terra e osservavo la donna che sarebbe diventata mia in tutti i modi.

"La ricchezza è irrilevante qui. Sono un signore della guerra di Atlan, e tu sei la mia compagna."

Fu il suo turno di aggrottare la fronte. "Non capisco."

Le accarezzai uno zigomo con il pollice, godendomi la sua felicità, la luce spensierata nei suoi occhi che non avevo mai visto prima. "Non molti atlaniani ritornano dalla guerra. La maggior parte viene giustiziata, quando la bestia ha il sopravvento durante le battaglie. Coloro i quali riescono a controllare la propria bestia, quelli abbastanza forti da ritornare, vengono ricompensati con ricchezze, terre e castelli." Indicai la massiccia struttura attorno a noi. La casa era più di quanto ci servisse, con quasi cinquanta stanza e un personale al completo di assistenti atlaniani per provvedere a tutte le nostre necessità. Passai le dita sul suo labbro inferiore, il mio cazzo che diventava più duro ogni secondo che passava. "Sono felice di prendermi cura di te, principessa."

Mi ispezionò e poi, stringendo l'abito formale da signore della guerra in congedo, ne osservò gli stretti contorni che non nascondevano il mio grosso petto o le mie spalle, e poi la giacca realizzata per tenere in mostra i luccicanti bracciali dell'unione che mi circondavano i polsi e che mi marchiavano per sempre come suo. Il suo sorriso svanì e un'espressione buia e triste le rubò la gioia dagli occhi.

"Cosa faremo adesso, Dax? Non so cosa fare se non combatto. Mi sento inutile, come cianfrusaglia lasciata a prendere polvere su una mensola. Là fuori ci sono uomini valorosi che combattono e muoiono, ed io sto qui a fare le piroette come un'idiota. Non so come essere..." Indicò il suo vestito e mi guardò di nuovo. "Io non sono una principessa, Dax. Non so come si fa, come si fa ad essere felici, quando mi sento come se dovessi stare ancora combattendo. Quando ci sono degli uomini che muoiono là fuori."

"Loro combattono per darvi queste vite. Combattono in modo che gli altri possano vivere a pieno le loro vite, proprio come hai fatto tu nella coalizione e sulla Terra. Sono stato lontano da Atlan per molto tempo. Dovremo solo capirlo insieme."

Mi tirai via la giacca e la lanciai sul pavimento. Feci lo stesso con la maglietta. Una volta a petto nudo per poter sentire Sarah contro la mia pelle, la tirai vicino a me e le appoggiai l'orecchio sul mio cuore pulsante. "Non saremo inutili, compagna. Il senato ci chiederà di partecipare a diversi eventi, di fare da ambasciatori per coloro i quali pensano di unirsi alla flotta. Saremo intervistati e interrogati da molte persone. Saremo consultati per questioni di politica e di guerra. Insegneremo agli altri come sopravvivere alle loro future battaglie, e avremo dei bambini, compagna. Voglio che mio figlio cresca nel tuo grembo. Voglio una casa piena di ragazzini turbolenti e bambine vivaci. Voglio dovermi infilare nell'armadio per scoparti, mettendoti con le spalle al muro e seppellendo tutte le tue urla di piacere con i miei baci, così che i bambini non ti sentano urlare."

Agitò le spalle mentre rideva. "Sei così cattivo, Dax."

Abbassai le mani sulla sua schiena e aprii il gancio del suo vestito, facendolo cadere in un cumulo ai suoi piedi. Sapevo cosa indossava sotto: un sottile strato di tessuto che non mi avrebbe impedito di sculacciarla, di scoparla, possederla.

La sollevai cullandola nelle mie braccia, mentre ritornavo in camera da letto e mi sistemavo su un lato del letto con lei in grembo. Lei era tranquilla e contenta, il suo calore era un balsamo per i miei sensi. Averla lì nella nostra nuova casa mi faceva sentire in un modo che non avrei mai creduto possibile.

Eppure, c'era ancora una lezione da impartire.

Sollevandole il capo con un dito sotto il mento la baciai fino a che non si sciolse, fino a che la sua eccitazione non inzuppò la sottile sottoveste che indossava e i suoi capezzoli furono dei picchi turgidi sotto le mie mani esploratrici.

Una volta rilassata e arrendevole, la girai con lo stomaco premuto sulle mie cosce, la testa penzolante e il culo solle-vato per aria per una soda sculacciata.

"Dax! Cosa fai?" Si divincolò, ma io la tenni giù con una forte manata sul sedere.

"Mi hai mentito, Sarah. Ho promesso che ti avrei sculac-ciata. Aspetto di farlo da quando ci siamo fatti teletra-sportare."

"Dax. No. Non puoi dire sul serio. Devo..."

La mia mano decisa la colpì sul culo per terminare la discussione. Urlò forte, non per il dolore, ma per l'offesa, ed io la colpii di nuovo, questa volta più forte, facendomi bruciare la mano per la forza del colpo. "No, compagna. Non devi mentirmi. Mai. Mi dirai la verità. Imparerai a fidarti di me."

*Sbam!*

Mentre continuavo, lei scalciava. "Se ti fossi fidata di me, ti avrei aiutata. Avrei potuto curare la tua ferita, farmi guidare da te per far volare la nave, prepararti un kit medi-co." *Sbam!*

"Al contrario, mi hai tolto il diritto, in quanto tuo compa-gno, di prendermi cura di te. Hai messo in pericolo te stessa, gli uomini per cui abbiamo rischiato le nostre vite, e anche me. Mi hai mentito." *Sbam!* "Non mentirmi mai più."

Cercò di respingermi, ma era piccola e le sue braccia

non erano abbastanza lunghe per raggiungere il pavimento. Ringhiai, mentre le strappavo la veste trasparente di dosso, il sottile materiale che si lacerava come carta nelle mie mani, e la spogliavo per colpire ancora e ancora.

Regnava il silenzio, rotto solo dal suono della mia mano decisa sul suo culo nudo. Lei non piangeva, non protestava e non implorava clemenza. La colpii fino a che il suo sedere non fu di un rosso brillante, fino a che non le sentii dire ciò che volevo sentire.

"Mi dispiace, Dax." La sua voce era un piagnucolio di pentimento. "Non avrei dovuto mentirti. Avrei dovuto dirti la verità e fidarmi di te, affinché mi aiutassi. Non volevo spaventarti. Onestamente, non avevo capito."

"Capito cosa?"

"Quanto ti... ti importasse di me."

Dopo le sue parole persi la voglia di continuare con la punizione e riposai la mano sulla sua morbida pelle, accarezzandola, bisognoso di toccarla e di sapere che era al sicuro, guarita e mia; lei stette tranquilla, accettando il mio tocco. "Sei la mia vita, Sarah. Sei tutto."

Non volendo aspettare una risposta alla mia confessione, per paura di rimanere deluso da una sua mancanza di sentimento, allungai la mano alla mia destra per trovare la piccola scatola esattamente dove l'avevo lasciata sul letto. Tenendola in posizione con la mia mano sul suo fondoschiena, tolsi il dispositivo sessuale dal suo alloggiamento e presi il lubrificante, necessario per assicurarle il piacere. L'avrei fatta venire fino a che non avesse più pensato a nessun altro, fino a che non avesse voluto nessun'altra vita. Alla fine, mi avrebbe amato. Per ora, era qui, nuda. Mia. Mi bastava.

"Non ti muovere." Riconobbi appena il ringhio della mia

voce, realizzando che la bestia non sarebbe stata respinta; non questa volta. "Sei mia."

"Dax? Cosa stai..."

Con la rapidità e la precisione nate dal desiderio usai il lubrificante e inserii il vibratore nel suo culo stretto; la vista dell'interruttore che sporgeva dal suo sedere mi fece rantolare.

"Mia." Era l'unica parola che fossi capace di dire in quel momento; ne avevo la testa piena, piena del bisogno di scoparla, di possederla, di scoparla di nuovo. Avevo bisogno che il profumo della sua figa mi coprisse l'uccello, avevo bisogno delle sue urla di piacere nelle mie orecchie, della dolce sensazione del suo corpo sottomesso alle mie mani e del mio profumo che marchiava la sua pelle.

"Potrò anche essere tua, ma perché mi hai infilato quel coso nel sedere?" Si contorse, facendo solo diventare il mio cazzo ancora più duro.

"Quel *coso* è per darti piacere. Ricorda, è mio dovere punirti, ma anche darti piacere."

Le divaricai le natiche, ispezionando la posizione del dispositivo di piacere e le pieghe luccicanti e bagnate della sua figa rosa. Era bagnata fradicia; l'odore richiamava la bestia in me: un odore che non potevo ignorare.

"Non mi serve che tu metta qualcosa... *lì*."

Diedi un leggero colpo al suo culo già arrossato. "Invece sì. L'ultima volta lo hai adorato. Ricorda, siamo legati, ed io so di cosa hai bisogno. Hai *bisogno* di questo ed io te lo darò." Diedi un colpetto alla base del dispositivo e lei sussultò. "Lo adorerai."

Con un rapido movimento le sollevai i fianchi facendole ruotare il corpo in modo che il suo stomaco fosse premuto contro il mio e la sua figa contro le mie labbra avide. Urlò forte e agitò per un poco le gambe, prima che le sue ginocchia si adagiassero sulle mie spalle, ma ignorai il suono, smanioso di assaggiarla di nuovo, di scoparla con la lingua.

Invadendo il suo corpo, accolsi la trasformazione che sentivo avvenire dentro di me. Le cellule dei miei muscoli esplosero e si riformarono, più grandi, più forti. Le mie gengive si ritrassero e sentii le punte acuminate dei miei denti, mentre le leccavo la figa avanti e indietro, forte, vorticando la stretta punta della mia lingua sopra e attorno al suo clitoride, ancora e ancora, fino a che lei non strinse le cosce attorno alla mia faccia e piagnucolò premendo le sue mani tremolanti contro di me.

Risucchiando il suo clitoride nella mia bocca ringhiai di nuovo, con tono basso e profondo. Forte. Così forte da pensare che le vibrazioni create si sarebbero probabilmente sentite per tutto il corridoio, e il riverbero avrebbe colpito il suo clitoride come un'esplosione sonica, spingendola oltre il limite.

Gli urletti di Sarah mi facevano godere, mentre veniva con la figa pulsante. Infilai la lingua a fondo, cavalcando la tempesta del suo orgasmo, strofinando velocemente e con forza contro le pareti interne del suo corpo, tirandole fuori il piacere.

Quando fu finito, mi alzai e feci girare il suo corpo fino a che la sua bocca non fu sulla mia, i suoi seni contro il mio petto e la sua figa stretta e bagnata a pochi centimetri dal mio enorme cazzo.

Si allontanò tremando e mi esaminò, dalle spalle gonfissime ai tratti allungati che sapevo mi tracciavano il volto. Mi aspettavo paura, shock, repulsione. Ma spalancò semplicemente gli occhi cercando di prendere fiato. "Porca puttana, sei sexy, Dax."

"Al termine di questa notte, sarai mia. Saremo legati, uniti. La febbre se ne sarà andata e tutto ciò che rimarrà saremo io e te. Sarai mia per sempre, Sarah. Non ti lascerò mai più andare."

I suoi occhi si incendiarono per le mie parole possessive e vidi un fremito attraversarle il corpo. Io tremavo per il bisogno di liberare la bestia. Forse lei riuscì a sentirlo, perché sollevò il mento in segno di sfida.

"Fammi tua, Dax. Ti stai ancora trattenendo."

Del sudore mi gocciolò dal sopracciglio fino al suo seno ed io mi sporsi per leccarlo, tracciandone il percorso tra i due seni, prima di passare al collo. Lo mordicchiai, tenendola perfettamente ferma nelle mie braccia, mentre lei si agitava per avvicinarsi.

"Non voglio farti del male," ammisi. "Non so cosa farà la bestia." Era stretta al guinzaglio, tirando per essere liberata, pronta a scopare duramente.

"Non mi farai mai del male." Tirò indietro la testa, dandomi – anzi, dando alla bestia il suo collo nudo in offerta, la sua fiducia.

Scossi la testa e chiusi forte gli occhi. Sculacciare era stata una cosa, ma non avevo mai dato alla mia bestia il controllo completo prima di allora. "Non puoi esserne certa."

"Dax," sussurrò, aspettando che aprissi gli occhi. "Ne sono certa. Non mi farai male. La tua bestia, nemmeno lei mi farà del male. Siamo compagni, ricordi? *Tu* potrai anche sapere che mi piace un vibratore nel sedere."

A quell'ammissione le s'infuocarono le guance.

"Ma *io* so che tu non mi farai *mai* del male." Deglutì, si leccò le labbra e poi continuò. "La voglio. Ti voglio. Vi voglio tutti e due. Falla uscire, Dax. Voglio incontrare la tua bestia."

Quello fu l'ultimo momento in cui ebbi il controllo. Quelle parole mi fecero scattare, e la bestia uscì fuori facendomi ruggire. Il mio cazzo vibrava e pulsava, gonfiandosi ancora di più, pronto per riempirla. Sentii i muscoli cambiare ancora e il corpo ingrandirsi con un dolore lancinante. Dei denti affilati mi punsero il labbro inferiore e sentii le mani cambiare angolazione in modo da afferrarla meglio, per tenerla ferma mentre la prendevo. Non avrebbe avuto via di fuga.

"Dax." Delle dita tremanti tracciarono i lineamenti duri del mio volto, ma la bestia non fiutò paura, il che fu una benedizione. Ero oltre il punto in cui avrei potuto offrirle conforto o placare i suoi dubbi. La mia bestia aveva il controllo totale adesso, e aveva un'unica risposta per tutto.

"Mia."

Sarah si mosse tra le mie braccia allungandosi per baciarmi. "Sì. Sono tua."

La bestia ringhiò, ma apprezzò la sua risposta, così come la morbida pressione dei suoi fianchi contro i miei. Avanzai senza dire una parola, portandola verso il muro imbottito dove sapevo di poterla prendere come volevo ma senza farle male. La bestia scopava sempre in piedi, non si stendeva mai, non abbassava mai la guardia. Era una cosa atlaniana, e la stanza era preparata apposta. "Mia."

"Sì." La sua schiena colpì il muro ed io le allargai ancora di più le natiche, divaricandole la figa proprio sopra la punta del mio cazzo.

"Mia." La impalai contro il muro con un unico colpo, forte e veloce. Era così eccitante, così bagnata, così fottutamente stretta che per poco non esplosi. Ad ogni colpo il vibratore nel suo culo strofinava contro la base del mio cazzo. Tutta la mia esistenza si era concentrata su di lei: i suoi occhi, il suo profumo, le sue dolci urla e la morbida pelle. La sua figa bagnata era in attesa del mio seme. "Mia."

"Oh, Dio." Le sue parole non piacquero alla mia bestia. Ero *io* il suo unico dio adesso.

"*Mia!*" La bestia spinse più forte, ruggendo atrocemente, mentre affondavo il cazzo più a fondo che potevo. Tenendola in posizione con il corpo, le sollevai le braccia sopra la testa e bloccai i suoi bracciali ai ganci magnetici posizionati sopra di lei. Cercò di abbassare le braccia, poi sussultò, quando le sollevai le gambe e affondai dentro di lei ancora e ancora, alzandole ulteriormente i fianchi ad ogni colpo.

Al suo primo orgasmo non accennai a rallentare, scopandola più forte e più veloce, mentre gemeva e piagnucolava davanti a me. Avrei potuto farlo per ore, e l'avrei fatto, fino a che la mia bestia non fosse stata soddisfatta. La scopai forte, con le sue ginocchia sistemate sulle mie braccia in modo da tenerle le gambe spalancate, completamente. Ad ogni sferzata del mio cazzo i suoi seni ondeggiavano e danzavano per me. I suoi occhi si chiusero, con l'estasi che le formava pieghe sul volto, mentre veniva di nuovo, e la figa stretta come una morsa attorno al mio cazzo. La visione era ipnotica, e sapevo che avrei ucciso per proteggerla. La mia fedeltà apparteneva unicamente a lei, non a un re o a una nazione, non a un pianeta o a una stirpe. Appartenevo a lei. Solo a Sarah.

"*Mia.*"

Sarah urlò fuori il suo piacere ancora una volta, mentre la mia bestia ruggiva per la gioia. Sarebbe stata una lunga notte, e Sarah ne avrebbe adorato ogni minuto. Saremmo stati davvero connessi ora, fino in fondo all'anima. La natura aveva avuto il sopravvento e aveva iniziato il processo di unione, l'odore dei miei feromoni riempiva l'aria circostante, ed io le feci avvicinare la testa alla mia pelle per assicurarmi che respirasse il mio odore, che le marchiasse la pelle, la impregnasse, la rendesse finalmente mia. La bestia emise un ruggito di consenso, quando Sarah mi mordicchiò il petto.

# 11

*S arah*

CON LE BRACCIA bloccate sopra la testa e un gigante che riconoscevo appena che mi prendeva con le spalle contro il
muro, il forte odore muschiato e mascolino invase i miei
sensi fino a che non fui ubriaca dell'odore della sua libidine,
della sua carne. Mi portò la testa vicino al suo petto e ci strofinai la guancia sopra, avida di perdermi nel mio compagno.
Aveva un profumo migliore di qualsiasi acqua di colonia
avessi mai immaginato. Profumava di feroce e di dominante,
di sicuro e di mio. Mordicchiai il suo petto, forte abbastanza
da soddisfare il mio bisogno di marchiarlo, di rivendicarlo
come lui aveva rivendicato me. E cristo se mi stava riven-
dicando!

Quando lo sentii ringhiare seppi che era mio. *Mio*. Il
fatto che avesse resistito così a lungo era una prova della sua

forza, persino sulla sua bestia nascosta, ma ormai non lo era più. Era mio. La sua *bestia* era mia.

Sì, bestia. Quella parola una volta mi terrorizzava. Come? Una bestia? Quando il ringhio mi strappò praticamente un orgasmo, seppi che era stata sguinzagliata.

Mi affondò dentro ed io sussultai per la spessa asta che mi stava riempiendo, per la forza sovraumana che mi teneva bloccata per venire posseduta ancora e ancora, sempre più a fondo, fino a che non ebbi la sensazione che si fosse arrampicato fin dentro la mia anima, fino a che non seppi che non l'avrei mai lasciato andare.

Mi ero chiesta cosa avrebbe portato questo momento. Sarebbe stato come un cane rabbioso con la bava alla bocca? Sarebbe stato come uno di quelli che si trasformano in animali di cui avevo letto sui libri? Sarebbe impazzito e mi avrebbe fatto del male?

Sfregò il bacino contro il mio clitoride facendomi mugolare per il desiderio. Non mi avrebbe mai fatto del male. La consapevolezza sbocciò nel mio petto, anche mentre mi teneva le gambe aperte e affondava dentro di me, forte e a fondo, strofinando la sua pelle contro la mia, spargendomi il suo profumo addosso. Ora era più grande, con i muscoli che quasi laceravano la pelle. Sembrava irreale, come un eroe dei fumetti con muscoli sporgenti e lineamenti marcati, come se anche la pelle del suo viso fosse stata tirata. I suoi denti sembravano più lunghi, da predatore, capaci di squarciarmi la gola con la stessa facilità con cui ora ne stava assaggiando il sapore, esplorandomi con labbra e lingua e facendomi rabbrividire.

Questo lato di lui lo rendeva semplicemente più virile, più maschio, più *Dax* che mai. Dal modo in cui mi guardava riuscivo a capire quanto mi desiderasse. Sebbene la sua bestia volesse il mio corpo, potevo comunque vedere un barlume di Dax, e lui voleva *me*. Avevamo già scopato, no, avevamo già fatto l'amore prima, ci eravamo mostrati quanto ci desiderassimo l'un l'altra, con il tatto, con il piacere, ma lui si era sempre trattenuto, nascondendomi questo lato della sua natura. Ma non più. Ora avrei avuto il meglio da entrambi i lati di Dax. Il suo lato cauto e gentile e... questo, il suo lato selvaggio.

Dax aveva ancora il controllo, quando mi aveva attaccato i bracciali al muro, sopra la mia testa, ed io ero davvero alla sua mercé; non mi fece male nemmeno quando la bestia prese il sopravvento e mi riempì completamente. Accelerò il ritmo facendomi urlare e inarcare la schiena sentendolo. Si gonfiava dentro di me, ancora più grande di prima. Così spesso e caldo, una bestia che aveva invaso il mio corpo senza pietà e senza chiedere il permesso. Sporsi i fianchi per prenderlo tutto. Non mi stava facendo male, ma dovetti mordermi il labbro per trattenere le urla nella mia gola, mentre mi abituavo ad essere dilatata ulteriormente, con il bruciore erotico della sua conquista e il dolore dei suoi pugni stretti sul mio morbido fondoschiena che mi facevano perdere ancora di più la testa, mi rendevano più eccitata, più selvaggia.

L'orgasmo mi attraversò in un lampo, mentre lui urlava liberandosi allo stesso modo, con il cazzo pulsante e in movimento dentro di me, e con il caldo seme che mi si riversava dentro. Restò fermo, con il respiro spezzato, e mi trattenne a sé, strofinando la mia pelle sulla sua, annusando la mia carne e assaggiandomi con i suoi baci.

Disse l'unica cosa di cui era capace in questa forma, e mi fece sorridere. *Mia*. Ancora e ancora.

"Sì," dissi. leccandomi le labbra. Si allontanò per guardarmi; i suoi muscoli si stavano rimpicciolendo, il suo volto stava ritornando alla forma che ero finita per adorare, mentre mi accarezzava la guancia con un pollice restando fermo. Una vena gli pulsava sulla tempia e il sudore gli scivolava giù per la guancia, mentre il suo respiro ritornava regolare, ma non mi lasciò dalla sua presa. Non tirò fuori il cazzo da me o rimise le mie gambe per terra. Io restai ferma, inchiodata al muro dal suo cazzo, immobile per il suo piacere; i suoi occhi scuri vagavano sul mio viso e sul mio corpo, ispezionandone ogni centimetro.

"Stai bene?"

"Sto bene." Non sembrò rassicurato, per cui aggiunsi: "Ti volevo, Dax. Volevo la tua bestia." Strinsi le mie pareti interne, strizzandolo con enfasi, e scoprendo che sorprendentemente era ancora eretto.

I suoi occhi s'infiammarono allora, sentendo il mio gesto intimo, e iniziò nuovamente a spingere con i fianchi, mentre io mugolavo. Ricambiò ringhiando, affondando ancora, possedendo la mia bocca con un bacio che mi fece inarcare la schiena sul muro e contrarre la figa, desiderosa di averne di più.

"Stai davvero bene? Non ti ho fatto male?" chiese.

Diedi uno strattone ai bracciali solo per sentirli sfregare, per ricordarmi che non potevo fare niente se non sottomettermi e lasciare che Dax e la sua bestia facessero di me ciò che volevano. "Sì."

Allungando il collo cercai di avvicinare le mie labbra alle sue, persuadendolo con un ulteriore strizzata attorno al suo cazzo.

Mi baciò, forte. "Ne vuoi ancora"

"Sì."

"Implorami, Sarah. Di' il mio nome. Dillo." Quelle parole furono come frustate, rapide e pungenti.

"Dax, ti prego." Incrociando il suo sguardo, continuai. "Ti prego. Forte, duro. Ancora e ancora. Lasciati andare, Dax. Lascia libera la bestia. *Vi voglio.*"

Mi esaminò un'ultima volta e poi finalmente... finalmente si arrese. Lo amavo ancora di più per la sua preoccupazione nei miei confronti, ma era arrivato il momento che si lasciasse andare. "Sì, sì, credo che sia così."

Allora mi prese, forte e veloce. Senza gentilezza, senza ritmo nei suoi colpi da maestro. Mi scopò ancora e ancora più a fondo, fino a che un altro orgasmo mi sciolse dentro, facendomi lottare per dell'aria.

Pensai che avesse finito, che sicuramente la febbre si fosse placata, ma no. Con mani gentili, mi aveva liberato i polsi e mi aveva portata sul letto, prima di girarmi sullo stomaco, sistemandomi come desiderava. Fece scivolare un cuscino sotto i miei fianchi e mi spostò i capelli neri dal viso. Non potevo muovermi, ero troppo appagata, troppo sazia per fare qualsiasi cosa che non fosse lasciarlo fare a modo suo.

"Sei pronta per averne ancora, Sarah?" La voce dell'uomo era finalmente tornata, l'amante che riconoscevo, l'uomo per cui avrei dato tutto e per cui sarei morta.

"Dax." Piagnucolai all'idea di venire posseduta di nuovo. Un altro intenso orgasmo, un'altra possibilità per lui di dominare il mio corpo e il mio spirito. "Sì."

Mi accarezzò con le sue grosse mani, prima le braccia, poi le spalle, poi la mia spina dorsale in tutta la sua lunghezza. Solo allora fece scivolare le dita più in basso e dentro la mia figa ancora bagnata.

"Qui, Sarah. Ti voglio ancora. La mia bestia è soddisfatta, per ora. Ma preoccupata di poterti ferire."

"Sto bene."

Mi accarezzò il clitoride ed io mi spostai sul letto, premendo contro il suo tocco mentre parlava. "Ho bisogno di prenderti di nuovo. Me lo permetti?"

Apprezzavo la sua premura, ma a volte una ragazza adora essere sbattuta contro un muro e scopata come se fosse la più bella, irresistibile e desiderabile donna del mondo. "Tu e la tua bestia, Dax, potete fare tutto quello che volete."

Rise e poi si sporse sopra di me, attivando le vibrazioni del vibratore anale, come aveva fatto quella prima notte. Gemetti dal desiderio, mentre nuove e diverse sensazioni risvegliavano ancora una volta la mia brama. Mi sollevò i fianchi dal letto e scivolò dietro di me inginocchiandosi tra di essi, sollevandomi il sedere per aria. Diede un sonoro schiaffo al mio culo ancora dolorante ed io sussultai, scioccata mentre il calore mi bruciava dentro. Prima di poter reagire, mi diede uno schiaffo sull'altra natica e il calore raggiunse il clitoride. Stavo per pregarlo di riempirmi, quando finalmente mi spostò in su e all'indietro contro le sue cosce e mi infilò il cazzo dentro fino in fondo.

Si mosse lentamente, massaggiandomi il sedere intorpidito, spalancando le labbra della mia vagina, esplorando la nostra intima connessione con le sue dita grosse e arrotondate, scivolando dentro e fuori il mio inguine, completamente aperto per la sua ispezione, mentre lui guardava il cazzo entrare e uscire dal mio corpo. Avevo il viso premuto contro le morbide lenzuola, le cosce spalancate, il culo e la figa in suo potere... ed io glieli diedi. Mi arresi a tutto, felice di essere presa.

Non mi ero mai sentita così potente come in quel momento. Potevano essere cinque minuti come un'ora, avevo perso la cognizione del tempo mentre lui mi penetrava, completamente al comando per rivendicare un'altra scopata. Se la bestia mi aveva preso pochi minuti prima, adesso mi stava prendendo Dax, l'uomo. Era il mio partner, il mio compagno. Allungò la mano sotto di me per strofinarmi il clitoride e al tempo stesso scoparmi con il vibratore che avevo nel culo. Sapevo cosa voleva. Avrebbe estorto altro piacere dal mio corpo ipersensibile, avrebbe chiesto, e io gli avrei dato ciò che voleva.

"Vieni per me, Sarah. Vieni ora."

Il mio corpo rispose come a un segnale, l'orgasmo mi attraversò facendomi uscire di bocca languidi miagolii di piacere. Mentre venivo, lui riversò il suo seme dentro di me, ed io mi sentii come una dea, una bellissima e attraente dea del sesso che aveva appena domato una bestia.

———

Mi svegliai avvolta nell'abbraccio di Dax, il suo corpo allineato alla sagoma del mio – la mia schiena era contro il suo petto. Potevo sentire tutto di lui, ogni centimetro della sua forma nuda avvolta protettivamente attorno a me. Dormiva serenamente, ed io mi sentii come se avessi conquistato il mondo, felice che la bestia dentro di lui fosse finalmente stata soddisfatta. Ora non eravamo solo compagni, eravamo uniti; il suo odore mi circondava, si sollevava dalla mia stessa carne facendomi sentire sicura, protetta, a mio agio. Ero dolorante, deliziosamente dolorante tra le gambe. Una busta di piselli congelati sarebbe stata utile, perché sebbene Dax fosse stato il più premuroso possibile, il suo cazzo era... considerevole, e non era stato esattamente delicato.

Sorridendo, lasciai che i ricordi della notte mi scorressero nella mente. Era stato esigente, dominante, ed io non avrei voluto che fosse diversamente, lieta del dolore persistente che mi impediva di dimenticare il potere di Dax, il lato selvaggio in agguato dentro di lui. Vidi il luccichio di uno dei bracciali, notai che erano abbinati al ciondolo che portavo al collo e sospirai di contentezza, sapendo che erano le uniche cosa ad adornare il mio corpo. Sollevai un braccio per guardare meglio un bracciale. Lo toccai, ne sentii il caldo e liscio metallo, ne tracciai il contorno con la punta di un dito, la mia mente strabordante di curiosità. Non avevo idea di cosa fosse: oro, titanio o qualche tipo di minerale atlaniano. Il fatto che fosse stretto, un tempo una maledizione, adesso era un lieto ed evidente promemoria della nostra profonda connessione.

Ripercorsi tutto quanto più volte, ripensando all'incompetente donna terrestre, la Direttrice Morda, al topo, a come il suo errore mi aveva portata qui, in quest'estasi tra le braccia di un uomo che amavo. Dax era onorevole e coraggioso, dominante e virile. Era abbastanza forte che, per la prima volta nella mia vita, mi sentii sicura accanto a un uomo, dipendendo da lui e dalle sue cure, dal suo amore. Ero unita a un alieno a un'immensità di chilometri dalla Terra, e mi sentivo più libera che mai. Libera di essere me stessa, di danzare e fantasticare e sognare. Libera di innamorarmi e di smettere di combattere per i soldi, il rispetto, la sopravvivenza. Anni di tensione e preoccupazione se n'erano andati grazie al signore della guerra atlaniano che mi dormiva accanto.

"Ora li puoi togliere" mormorò Dax.

Mi immobilizzai alle sue parole. Non volevo toglierli; mi marchiavano come sua compagna. Non volevo che qualcuno mettesse in dubbio la nostra connessione. Lui era mio. Mi ero sbagliata? Ora che la febbre da accoppiamento era passata aveva intenzione di allontanarsi da me? Da noi? Ora avrebbe potuto vivere una vita lunga e felice con qualche umile e mite donna di Atlan. Avevo svolto il mio compito? Era questo tutto ciò che ero per lui, un mezzo per raggiungere un fine e niente più?

Il pensiero fu come un pugnale infilato nel mio cuore, realizzando quanto mi fossi sbagliata. Lo amavo davvero, con ogni grammo di fuoco e di passione nel mio corpo. Mi ero arresa completamente quella notte, gli avevo dato anima e corpo, ed era dannatamente troppo tardi per cercare di riprendermeli.

"Girati verso di me, Sarah. Ti aiuto a toglierli."

"Non mi ero accorta che fossi sveglio," commentai, girando la testa in modo da non fargli vedere il dolore e il disagio causato dalle sue parole.

"Mmm. Il tuo respiro è cambiato. Sei nervosa." La sua grande mano viaggiò sulla curva dei miei fianchi e della vita come se stesse accarezzando un animale selvatico. "Cosa ti turba?"

Appallottolandomi continuai a dargli le spalle, incerta su cosa avrei scorto sul suo volto se mi fossi girata, incapace di sopportare il pensiero di poterci trovare disinteresse o rimorso. "Niente. Torna a dormire." Se non aveva più bisogno di me avrei potuto andarmene. Di sicuro qualcuno nell'edificio mi avrebbe aiutata a rimuovere i bracciali. Li avrei lasciati per la sua nuova sposa atlaniana, la donna calma e serena che lui in realtà voleva.

Il tocco delicato della sua mano si trasformò in un sonoro schiaffo sul mio culo nudo, che mi fece strillare. Mi girò verso di sé. "Mi stai mentendo di nuovo. Pensavo che ne avessimo già parlato."

Determinata a mantenere quel pizzico di dignità che mi rimaneva, trattenni le lacrime che mi bruciavano gli occhi e studiai il suo viso attraente. Sembrava davvero rilassato per la prima volta da quando lo avevo conosciuto, più giovane, meno feroce. Un sorrisetto gli si formò agli angoli della bocca, mentre si avvicinava per baciarmi dolcemente e poi allontanarsi aggrottando la fronte. "Hai intenzione di dirmi cosa ti succede o hai bisogno di un'altra sculacciata?"

"Io..."

"Conosco tutto di te, Sarah, così come tu conosci me. Non ci sono segreti tra compagni."

Gli accarezzai la guancia con un dito. "Una ragazza deve avere qualche segreto," ribattei.

Mi afferrò il polso direttamente sopra il bracciale.

"Non con me. Questo bracciale ha fatto il suo dovere. Ti ha liberata dalla coalizione in modo che potessi andare a cercare tuo fratello e venire ad Atlan, con me. Ci ha tenuti insieme fino a che la febbre non è passata, ha tenuto la mia bestia tranquilla fino a che non ho potuto liberarla in sicurezza. Ora... ora non servono più."

Mi accigliai, sorpresa per quanto direttamente mi avesse parlato. "Stai dicendo che *io* non servo più?" Una fitta di dolore si diffuse dal mio cuore fin su alla gola e alla testa, dove si trattenne dietro i miei occhi, strizzandoli in una feroce morsa. Le lacrime si raggrupparono e non riuscii a trattenerle dal riversarsi sulle guance.

Dax si mosse sul cuscino e alzò una mano per catturare una lacrima vagante sul dito. "Donna, sei davvero pazza. Ho ripetuto le stesse parole ancora e ancora. Tu sei la mia compagna. Mia. Quante volte l'ho detto questa notte? Tu. Sei. Mia. Non ti lascerò. Non ti farò andare via. Mai. Non mi importa che tu indossi i bracciali o meno, sei mia. Sarai sempre mia. Mi sono innamorato di te. Non permetterò che ti liberi di me."

"E allora perché... perché vuoi che me li tolga?"

Mise la sua grossa mano attorno ai bracciali e se li portò sul cuore. "Voglio che tu stia accanto a me perché lo vuoi, non perché lo richiedono i bracciali."

La mia grossa bestia indurita dalla battaglia. Presi il suo mento appuntito tra le mani e sorrisi, lasciando che tutto l'amore che provavo per lui mi brillasse negli occhi. "Ti amo, Dax. Non so come sia possibile dopo così poco tempo, ma è così. Ti amo. E dopo quello che abbiamo fatto questa notte, non credo che ti dovrai preoccupare che io vada lontano. Presto vorrò essere presa di nuovo dalla tua bestia... presto."

Mettendomi una mano sulla nuca, mi baciò lentamente, come se volesse farlo per ore. Quando infine si allontanò, nei suoi occhi c'era un bagliore che non avevo mai visto prima. "Allora mi vuoi solo per il mio cazzo?" mi provocò.

"Mmm. Decisamente. Voglio tutto di te." Ingoiai l'orgoglio e la paura e gli dissi esattamente ciò che volevo. "E voglio tenere i bracciali."

Spalancò gli occhi per la sorpresa. "Questo significa che non ti allontanerai mai da me, che non potrai andare all'avventura. Dovrai stare accanto a me, vicina, sempre."

Alzai le spalle, cercando di comportarmi in modo naturale, quando quello che aveva detto per me era il paradiso. "Non è quello che fanno normalmente le coppie di Atlan?"

Annuì. "Sì, ma non osavo sperare che fossi d'accordo con una cosa del genere."

"Non mi vuoi vicino a te?"

"Sempre." Quella parola fu un voto, e la sincerità dietro di essa mi sciocco così profondamente che le lacrime mi scesero dagli occhi, questa volta per una ragione completamente diversa.

Tracciai la forma delle sue labbra con la punta delle dita, cercando di stuzzicarlo in un vano tentativo di nascondere quanto la sua promessa mi avesse colpito nel profondo. "Non è il caso che quella grossa bestia cattiva venga fuori a giocare senza me nei paraggi."

Si rotolò sopra di me. Ero stesa sulla schiena, lieta di aprire le gambe per lui, per il calore del suo cazzo duro. Si spinse contro il letto, scivolando lentamente dentro il mio corpo che si risvegliava, riportandomi in vita, eccitata, bagnata e pronta per lui. Infilato a fondo, si mantenne sugli avambracci in modo che io potessi vedere solo il suo viso, che potessi solo guardare i suoi occhi scuri mentre mi riempiva, si muoveva dentro me, mi faceva sospirare di piacere con le mani attorno al suo collo e le gambe attorno ai suoi fianchi che lo spingevano più vicino.

"Dax, ho paura che la tua bestia sia un terribile problema. Deve essere domata."

Dax abbassò la testa e mi baciò come se fossi la cosa più preziosa del mondo, e, quando parlò ancora, io credetti ad ogni sua singola parola.

"No, compagna, ci hai già domati entrambi."

———

**Leggi Domata dalla bestia ora!**

Quando Tiffani viene abbinata a un guerriero Atlan che tutti pensano sia ormai delirante a causa della febbre d'accoppiamento, nulla potrà impedirle di salvarlo, incluso intrufolarsi in una prigione Atlan per sedurre la sua bestia...

Stufa marcia del vicolo cieco in cui è finita la sua vita, Tiffani Wilson si dirige presso il centro elaborazione Spose più vicino per ricominciare tutto daccapo. Le viene promesso un compagno magnifico, un signore della guerra di Atlan che non solo amerà il suo corpo rotondetto, ma guarirà il suo cuore solitario.

Il comandante Deek di Atlan ha perso il controllo della sua bestia interiore e siede in una prigione Atlan in attesa dell'esecuzione. Sfortunatamente, niente può salvare un uomo privo di compagna.

Quando a Tiffani viene negato il trasporto su Atlan a causa delle condizioni instabili del suo compagno, non si fermerà davanti a nulla per salvare lui e la vita che le era stata promessa. Il suo compagnò è là fuori, in pericolo, e lei sa che solo lei in tutto l'universo può salvarlo.

Basta un solo sguardo al corpo soffice e lussurioso di Tiffani per far capire a Deek e alla sua bestia interiore che faranno di tutto pur di possederla, dovessero spingere i suoi limiti sessuali o farla inginocchiare. Ma la bestia di Deek non è l'unica cosa che si mette in mezzo alla loro vita felice: la sua bestia non è stata liberata per caso, e i suoi nemici non si arrenderanno tanto facilmente.

**Leggi Domata dalla bestia ora!**

## ISCRIVITI ALLA NEWSLETTER

Iscriviti alla mia mailing list per essere il primo a sapere di nuove uscite, libri gratuiti, prezzi speciali e altri omaggi di autori.

http://ksapublishers.com/s/bw

# ALTRI LIBRI DI GRACE GOODWIN

## Programma Spose Interstellari

Dominata dai suoi amanti

Il compagno prescelto

La compagna dei guerrieri

Rivendicata dai suoi amanti

Tra le braccia dei suoi amanti

Unita alla bestia

Domata dalla bestia

La compagna dei Viken

Il Figlio Segreto

Amata dalla bestia

L'amante dei Viken

Lottando per lei

## Programma Spose Interstellari: La Colonia

La schiava dei cyborg

La compagna dei cyborg

Sedotta dal Cyborg

La sua bestia cyborg

## ALSO BY GRACE GOODWIN

Mated to the Cyborgs

Cyborg Seduction

Her Cyborg Beast

Cyborg Fever

Rogue Cyborg

Cyborg's Secret Baby

Her Cyborg Warriors

*Interstellar Brides® Program: The Virgins*

The Alien's Mate

His Virgin Mate

Claiming His Virgin

His Virgin Bride

His Virgin Princess

*Interstellar Brides® Program: Ascension Saga*

Ascension Saga, book 1

Ascension Saga, book 2

Ascension Saga, book 3

Trinity: Ascension Saga - Volume 1

Ascension Saga, book 4

Ascension Saga, book 5

Ascension Saga, book 6

Faith: Ascension Saga - Volume 2

Ascension Saga, book 7

Ascension Saga, book 8

Ascension Saga, book 9

Destiny: Ascension Saga - Volume 3

## Other Books

Their Conquered Bride

Wild Wolf Claiming: A Howl's Romance

# I LINK DI GRACE GOODWIN

Puoi seguire Grace Goodwin sul suo sito, sulla sua pagina
Facebook, sul suo account Twitter, e sul suo profilo Goodread
usando i seguenti link:

Web:

https://gracegoodwin.com

Facebook:

https://www.facebook.com/profile.php?id=100011365683986

Twitter:

https://twitter.com/luvgracegoodwin

Goodreads:

https://www.goodreads.com/author/show/
15037285.Grace_Goodwin

# L'AUTORE

Grace Goodwin è un'autrice di successo negli Stati Uniti e a livello internazionale, di romanzi di fantascienza e paranormali. I titoli dell'autrice sono disponibili in tutto il mondo in più lingue nel formato e-book, cartaceo, audio e app di lettura. Due migliori amiche, una l'emisfero destro e l'altra quello sinistro, compongono il pluripremiato duo di scrittrici Grace Goodwin. Sono entrambe madri, appassionate di escape room, avide lettrici e intrepide bevitrici delle loro bevande preferite. (Potrebbe esserci o meno una guerra tra tè e caffè in corso durante le loro comunicazioni quotidiane.) Grace ama ricevere commenti dai lettori.